だいわ文庫

# 年をかさねるほど
# 自由に楽しくなった

下重暁子

JN083630

大和書房

# はじめに
# 感覚的にはまだ六〇代

いつのまにか大台に乗った。いくつの大台かは、ご想像におまかせする。あくまで時間でいう年齢であって、私自身の感覚とはずれがある。

私は年齢とは自分で決めるものであって、他人様に決められるものではないと思っているからだ。私自身の感覚では、まだ六〇代といったところだろうか。

おめでたいと言われそうだが、おめでたさこそ私の美徳なのだ。

「いつかできる」「必ずその時期が来る」と思って今まで生きてきた。「できない」とは決して考えない。自分の能力はここまで、とそう決めてしまうと、それ以上にゆくことはない。ひょっとしたらうまくいくかもしれないのに……。

大いなる道草とまわり道をしながら、「物書きとして死にたい」という希望を忘れずにシコシコと書いてきた。

ようやくその目安がついた。物書きの緒《ちょ》についたのだ。これからは、覚悟をもって一つひとつ書いてゆくつもりである。


若い頃とあまり変わったと私は思っていない。少なくとも感性は同じ。少しばかり方法が巧妙になったくらいの進歩しかない。よく言えばぶれていない。悪くいえば進歩がない。一本の道の上を歩いてきた。

今まで書いてきたものを読みかえせばよくわかる。一度出したものはすでに私の手を離れているから客観的に見ることができる。

それらを読みかえす作業を今まで怠ってきたが、アンソロジーが出るにあたって、向き合わねばならなくなった。

NHK時代（二〇代）に、自分で書いた物語や詩を音楽に乗せて読んだら、出版社の人が来て「本を出しませんか」が第一作、正確に数えたことはないが、文庫本や改訂版などを合わせるとそれから五十数年間に一〇〇冊以上になるらしい。

その中から選んで一冊ができた。

改めて感性が変わっていないことに安心し、しかし、多くの人々を知ることで、今の私が作られてきたことに感謝する。

固く着込んだ鎧《よろい》を一枚ずつ脱ぎすて、そのたびに私は自由になった。年をかさねるほどに自由で楽しい人生が待っていたとは何と幸せなことだろう。

# 年をかさねるほど自由に楽しくなった◎目次



## 第1章　年をかさねるほど自由になる！

# 第2章　家族は個人の集まりである

## 第3章　人とのつき合いには距離感が大切

## 第4章　男と女は違うから面白い

## 第5章

## ものがあり過ぎるのも、なさ過ぎるのも落ち着かない

# 第6章　前を見つめて楽しく暮らす

# 第7章　毎日の時間の使い方

# 第1章
# 年をかさねるほど自由になる!

# なぜ年をとると個性的になるのか

年をとることは、個性的になることといつも言っている。個性的になろうと思わなくとも、ならざるを得ない。

なぜなら、年をとると、すべてが減ってくるからである。

まず、持ち時間が減る。二番目にお金、そして体力である。

私自身を考えてみても、四〇歳を過ぎたあたりから一日、いや一年の終わりがなんと早いことか。若い頃は、まだ先があるという感じがしたが、だんだんと先が見えてくる。

人生一〇〇年と考えても、折り返しの五〇代を過ぎると、あとの距離は増えることはない。

次にお金だが、若い頃には、働けばまたお金ができる可能性もあるが、ある年代以上になると減るしかない。

体力、これは目に見えて減ってきて、私の場合、「おろち」と渾名《あだな》されたぐらい強かったお酒が飲めなくなった。というより飲みたくなくなったのだ。

こうやって条件がせばまってくると、もはや若い頃のような試行錯誤は許されない。あれもこれもと手をひろげることもできない。

ほんとうに好きなもの、ほんとうにやっておきたいものに絞らざるを得ない。限られた中で自分らしく生きようとすると、結果として個性的にならざるを得ないのだ。

『いつだってもうひと花』

# 人は見かけによる

年をかさねると、だんだん面倒になって自分を隠すことが少なくなる。

いやでも素《す》の自分が出てしまうからこそ、素の自分を育てておかねばならない。

素の自分に魅力がなければ、所詮《しょせん》それまで。年をとることは過酷である。

奥の奥に隠したものは滲《にじ》み出てくるから怖い。

隠しおおせることはできない。

「人は見かけによらない」と言うけれど、それは見るこちら側に見る目がないだけで、いかに上手に隠しているつもりでも、見る目さえあれば、お見通し。

したがって「人は見かけによる」のである。


『老いの戒め』

# 柔軟に人を受け入れる

年をとることは極端にその人の特徴が出てくることでもある。
頑固な人は、ますます頑固に。狭量な人は、ますます自分の殻に閉じこもってしまう。
自分から扉を閉ざすと、人はどんどん去っていく。
出来るだけ胸を開いて柔軟に人を受け入れることが、器量ある証拠なのだ。

『老いの戒め』

# 孤独の「孤」は個性の「個」につながる

孤独の孤の字は、個性の個につながる。

一人になって自分の声をきける人だけが、個性的に生きられる。

自分の声がきけるかどうかが、個性的に自分の人生をしめくくれるかどうかの最後のチャンスなのだ。

個性的になることをなぜためらったり、恥ずかしがったりしているのだろう。


『女50代 美しさの極意』

# 独りになって、感じ、考えることが大切

独りになることを恐れてはならない。

独りになって物を見、感じ、考える。

そこから自分らしさ、個性は生まれてくる。

ささいなこともなおざりにせず、自分で選びたい。

日常の積み重ねこそが大切なのだ。

人と連《つら》なって、人と同じことをし、同じものを買い、人の価値判断で選んでいると、自分の中にあった個性さえも掌《てのひら》から落ちていく。


『素敵に年を重ねる女の生き方』

# 美しく年をとる極意

年をとることを、いやなことととらえている女性が多い。

年をとれば、シワも増える。おなかはたるんでくる。若い頃のような美しさは望めない。悲観して年をとりたくないと願う。それでもいやおうなく年は襲いかかってきて、鏡の中の顔は、つやを失ってくる。

年をとることは、それなりの美しさが出てくることだというが、下手をするとやせがまんととられかねない。

美しく年をとると言うから無理があるのであって、個性的になることだと言えば、文句が出ないのではなかろうか。

『女50代 美しさの極意』

# 年齢で着るものを選ばない

年齢によって着るものなど変える必要はない。
あなたの「個性」によって変えればいい。
人それぞれの好みで変えればいいのだ。

『持たない暮らし』

# 赤が好きなら、赤を着る

少しでも早く年老いたいと願うならば、世間的な基準で自分をしばって、小さくなっていけばいい。

「私はもう年だから、こんな赤いものを着たら恥ずかしい」とか、「こんなことをしたら、誰かに何か言われるんじゃないか」とか、自分を小さく押しこめる。

感動を大事にする人は、「私はこの色が好きだから」とか「これをやっていると楽しいから」とか、自分の気持ちに正直になって、それを外へ向かって表現する。だから、「赤が好き」と言って着ている人は赤がよく似合うし、「年だから」と言っている人は不思議と赤が似合わない。

『いつだってもうひと花』

# 「お上手」は言わず、自然体がいい

私が私である限り、他人に媚《こ》びたり、へいこらすることは何もない。

そう、私は媚びるということが大嫌いだ。私自身の利害のために、他人に媚びたり、お上手を言うなど、私の辞書にはない。毅然《きぜん》としていればいい。

そして私自身の内側へより深く降りることで、私という人間を徐々に理解し、興味を持っていられればいい。

外へ外へと向かって努力を続ける人と、内へ内へと自分の中に降りつづけるという二種類の人がいると思う。


『ブレーキのない自転車』

# 孤独が怖い人ほどいつでも誰かと一緒にいる

孤独をなぜ恐れるのか、考えたことがあるのだろうか。
孤独の中身をしっかりと見つめたのだろうか。
孤独であることの甘美さを知らずに、辛さだけを想像して逃げまわる。
本物の孤独とは、逃げまわることなどできないものなのだ。
逃げることができる孤独などたいしたことではない。
自分を知ることが、自分を見つめることが怖くて逃げまわっているにすぎない。
逃げてどうするかといえば、ひとりの時間をなくして、べったり人と一緒にいる。
大人になっても連なっている。トイレに行くときまで、

「あなた一緒に行かない？」

「あら行こうかしら」

ひとりになるのが怖いのである。だからついていく。

買い物にも他人を誘う。

自分から進んでひとりの時間をなくそうと努力しているのである。


『孤独の作法』

# 「丸くなったわネ」は、ほめ言葉ではない

「あの人も年をとって丸くなったわネ」というのは、決してほめ言葉ではない。批判したり、自分の意見を言ったりすれば角《かど》が立つ。角が立っても言わずにいられないのが心が若い証拠なのだ。丸くなって何も言わなくなったらおしまいだ。

『孤独の作法』

# 自分の頭で考えるくせをつけよう

自分で考えよう。考えるくせをつけよう。

道をきくのは圧倒的に女が多いという。男は地図を見、自分で見つけようとし、意地になって探しまわる。

車でもそうだ。一緒に乗っていると、つれあいの頑固さには辟易《へきえき》する。道をきかないからぐるぐる回ったりする。しかし、自分で探す過程が大切なのだ。きけばすぐわかるがすぐ忘れる。自分で考えたことではないからだ。

頭の回路を通ったことは忘れない。自分で考える時間を持つこと。立ち止まって自分を見つめる。他に連なっていてはその時間がない。

『孤独の作法』

# イエスは言いやすいが
# ノーは言いにくい。しかし……

日本人の場合、意識しなければ、つい人にひきずられてしまう。
誘われればついていく。
イエスは言いやすいがノーは言いにくい。
自分の時間を守るためには、ノーが言えなければならない。
はっきりと自分の意思を相手に伝える。
自分の意思を確認するためにも、孤独であることは必要なのだ。

『孤独の作法』

# 役割に縛られた生き方は卒業しよう

役割にしばられた生き方ぐらいつまらないものはない。

「おばあちゃん」と呼ばれると、役割を演じなければいけなくなり、孫もまた孫の役割を演じなければならなくなる。

無理はやめて〝役割放棄〟といくのが不良的生き方だ。

決して「ばあば」「じいじ」とは呼ばせない。

「孫」とも呼ばない関係をつくりたい。


『不良老年のすすめ』

# パリで見つけた居心地のいい時間

毎年一度は、パリに出かけている。

世界各地を取材で歩き、中近東、インド、中南米などが好きだが、年をかさねてからは、ヨーロッパを中心に出かけることが多い。

若いときには過酷な条件でも平気で面白がれるが、年をかさねてくると、できるだけ快適に過ごせる条件が満たされていることが大事だ。

若い人から「方々旅をして、どこがいいですか」ときかれると、中近東、アフリカ、中南米など、若いときしか行けないところに行ってほしいし、日本と価値観の違うところへ行ったほうがいいとすすめる。

年をかさねてから、私は自分に一番フィットする街は、フランスのパリだと見定めた。

日本では、群れの中に身を沈めているほうが無難で、目立つとやられる。欧米、特にフランスでは個がないと生きていけない。

あるとき、フランスの雑誌記者が私のところにインタビューに来た。なぜだかわからなかったが、彼女は言う。

「あなたのような個人は日本人には珍しい。どうやってそうなったのかきかせてほしい」

フランスでは当たり前のことが日本では珍しいらしい。

私は、子供の頃から体が弱く一人でいることが多かったので、自分で考え自分で決めることが一番大事だと思っている。そのせいかフランスにいると居心地がいい。

「私は私でいいんだ」と自信が持てる。

『老いも死も、初めてだから面白い』

## 野際陽子さんとの出会い

大学を出てNHKに入ったときのことだ。転勤先の名古屋には一年先輩のアナウンサー、野際陽子さん（後に女優）がいた。頭がよく、臨機応変で美しい。

二人しかいないと、いやでも比較される。

そこで考えた。野際さんの真似をしていてはいけない。

はたと悟った。

私は野際陽子ではなく、下重暁子だ。違うから生きている意味がある。野際さんがこうやるなら、私は違う方法で違うことをと自分に義務づけた。

将来女優になりたいといっていた野際さんに対して、将来物書きにとひそかに思ったのもその頃だ。

何が自分にとって大切かを自分で考えようとつとめた。

私にとって大切でないことは、柳に風とやりすごした。

反論はしないが、受け入れはしない。

自分で考えて、その通りと思えば従うが、思わなければ従わない。

「頑固だ」「生意気だ」と最初は言われたが、そのうち「彼女には彼女の考えがあるのだろう」と認められるようになった。

生きやすくなった。それまでの辛抱が大切なのだ。


『孤独の作法』

# 人間はある年齢になると自分の本質に戻る

ある年代を過ぎると、本卦還《ほんけ》りをはじめる。しばらく忘れていた本質がむくむくと頭をもたげ、少女の頃の感覚が戻ってくる。

その境目がいくつぐらいなのか、人によっても違うだろうが、私自身は六〇代を過ぎてから意識しはじめた。少女の頃の感受性が戻ってきたのである。

なつかしい自分の感覚と出合い、雑念をとりのぞいたもとの自分、感じやすかった少女の頃に戻って死にたいと思うようになった。

棺を覆《おお》うときこそいちばん自分らしく、個性的にと書いてきたが、あの頃の自分に戻ることとなのだということがわかってきた。

『女60代「もうひと花」の決意』

# 年をかさねても変わらないもの

「変わったひとですネ」と言われることがある。私の職業が時々変わるせいらしい。そうした上べだけの現象を見、職業の変化だけをとらえて「変わった」ととられるのかもしれない。私自身は全く変わっていない。

大学時代も人見知りで、人づき合いが下手。一人でいることが大好きで、一人に退屈などしたことがない。物の感じ方も、好きなものも昔のままである。

年をかさねることで人は変わるとは思っていない。職業など表にあらわれたものは、その時々の私の一面でしかなく、意外な発見もあるが、心の奥に鎮座している私自身は同じなのである。

『ブレーキのない自転車』

# 自分の中に自分をチェックする「他者の目」があるか？

他人を気にして自分が小さくなる必要はないが、他人からのチェックの目を自分の中に持っていたい。

大切なのは、人に迷惑をかけていないかどうかである。自分の振舞いが人にいやな思いや不快感を与えていないか、チェックする必要がある。

個性を生かすもよし、好きなことをするのもよし。

決して他人に迷惑をかけないという鉄則の上に立ってである。

『女50代　美しさの極意』

# 他人が思うほど人は孤独ではない

老人の孤独死などが話題にのぼる。
はた目には確かに一人住まいで死んでいく孤独は悲惨に見えるが、
本人は、案外、
孤独の中でいつか来た道を淡々と歩いていっただけかもしれない。

『老いの戒め』

# 仕事をすると気分がシャンとする

最初は多少努力が必要だったが、楽しみとはラクをすることではなく、しんどいことをすることだというのもわかった。それ以来、仕事を楽しむ癖がついた。同じやるなら、いやいややっていては自分の損、時間の無駄、楽しんでやらなければ身につかない。

仕事は楽しく、遊びは真剣に、それが私のモットーだ。

つらくいやになりがちな仕事には楽しみを見つける。楽しい遊びはいいかげんにならないように真剣にする。言葉を変えれば、仕事は遊ぶように、遊びは仕事のようにということかもしれない。

仕事は、いわば私にとって身を正す鏡のようなもの。いかにだらけていても、いかに具合がわるくても、仕事だと思うと気分がシャンとする。

そしてやり終えたあとの爽快感といったらない。仕事だけは決して逃げることのできないもの、立ち向かわなければ自分が駄目になる。

仕事で忙しいのは、暇よりよほどいい。おかげさまで、仕事をはじめて以来、いつも目の前にやるべきものがあるし、なくなれば、自分でつくるだろう。私にとってはなくてはならぬものなのだ。

甘えが許されぬ仕事のおかげで、健康にもなった。

『贅沢な時間』

# 思いを深くして、目を離さない

私は「思いを込める」のが好きで、こうしたいと思うと、ひたすらその思いを自分の中で高めていく。高めるというか、固めていく。

大事なことは口に出さない。人には絶対、いわない。

すると、必ず自分の思っていたものが振り向くという哲学を持っている。

好きな人とか、恋人とかだけでなく、ものごとに対してもそう。

こうしてやるぞと思ったり、こうならなくてはいけないと思ったら、絶対、目を離してはいけない。

一時たりとも目を離すと、どこかへ行ってしまう。

けっこうしんどい。口に出すほうがラク。

でも、そうしない。いつ気づいてくれるという保証はないし、忘れたころのこともあるけれど、必ず気づいて振り向いてくれる。

そうやって、人やものごとと巡りあってきたという気がする。

そのために、思いが深くなくてはダメなのだ。


『群れない　媚びない　こうやって生きてきた』

## あの人ならしようがない。
## そう思わせたら大成功！

子供の頃から私は人と違うことをするから、目立ったり、目ざわりだったりしたかもしれない。

しかし、「あの人はそういう人なのだ」とわかれば生きやすくなる。

「彼女ならしようがない」

……そう思わせればしめたもの。

それまでの辛抱ができるかどうか。

たいていの人は途中で妥協する。もうちょっと、もうちょっとすれば認めてもらえるのに、素直すぎ、人の言うことをきく人が多すぎる。

『孤独の作法』

# 第2章
# 家族は個人の集まりである

# 私の理想は静かな家族

家族を考えるとき、私には忘れられない言葉がある。

確か住居に関するシンポジウムだったと思う。日本に住む外国人の奥様方に集まってもらって、住まいを語ってもらった。その席でスウェーデンの女性が、こう言った。

「私の理想とする住まいというのは、食後のひととき、リビングルームの灯りの中で、それぞれが自分のことをしている静かな家族のいる家です」

私はこの「静かな家族」という言葉がたいそう気に入った。家族というと、どうも騒々しい、何かお互い喋《しゃべ》ったり、笑ったりしているイメージが強い。

日本では「明るく楽しい家族」というパターンが理想の家族像としてできあが

っているが、何か喋り合ったり、笑ったりするばかりが家族ではないはずである。黙っていてもわかり合える間柄、それぞれが同じ部屋にいて、自分の好きなことをやっている。夫は片隅で静かに本を読み、妻は編物をし、子供はプラモデルを組み立てている。

このように、一人ひとりが孤立しながら認め合い、理解し合っている静かな家族。大声で笑うのではない、静かに微笑み合っている。

そんな家族があっていいと思う。「静かな家族」という言葉にいたく感動してしまった。

『女40代　いま始める』

# 仲間うちだけにやさしい日本人

仲間うち、親類縁者、家族。

日本人は知ってる人には親切だが、知らない人には冷たい。

欧米人は知らない人にも同様に親切である。ボランティアの精神が行きとどいているからだろう。

電車の中に家族連れが乗っている。大声で喋り、子供が席から立ち上がって走りまわる。父親も母親も何も言わない。

注意した人を憎々しげににらんでいる。

彼等には自分達のことしか見えていない。


『晩年の発見』

# 自分の家族さえよければいいのだろうか

私は、家族連れを見るのがあまり好きではない。自分達にしか目が向かず、親子、孫という内なるものだけを守って、外を見る目、外への気づかいがないからである。他人に迷惑がかかろうと、自分たち家族だけよければいいという内向きな姿勢である。

親子、夫婦、祖父母と孫なども、二人だけならばそれなりに緊張関係があるが、数人以上になると、他は見えなくなってしまう。そういう家族連れは決して美しくはない。家族は善なるものととらえる考え方は私にはない。家族は、いちばん近しく逃れがたい関係にあるだけに、この上なく醜くもなりかねない。

『女60代「もうひと花」の決意』

# 本当に何でも許し合えるの？

私達は家族を選んで生まれてくることはできない。産声をあげたときには、枠《わく》は決まっている。その枠の中で家族を演じてみせる。父・母・子供という役割を。家族団欒《だんらん》の名の下《もと》に、お互いが、よく知ったふりをし、愛し合っていると思い込む。何でも許せる美しい空間……。そこでは個は埋没し、家族という巨大な生き物と化す。

『女30代 決断のとき』

# 家族の話題は自分からはしない

家族のことは自分から話さないに限る。

聞かれれば必要最小限に答えはするが、それ以上の情報は提供しない。

そうでないと、どこまでも追及されて、噂話の種にされかねない。さらりとかわすなりして他の話題に切り替えたい。

お互いのプライバシーを明かすことが、仲の良い証拠のように思われているが、そんなことでつながる必要はない。


『家族という病』

# 親という要をなくすと、きょうだいは他人になる

きょうだいは他人のはじまり。期待するのは間違っている。それぞれが独立して暮らせれば、それ以上の余分なおせっかいはしないこと。適度に間《あいだ》をおいてつき合っていたほうがいい。

親が生きているときは、親を中心に集まることもあるが、扇の要《かなめ》の親が亡くなると、バラバラになる。それを必要以上に嘆き悲しむことはない。別々になっていくのは当然のことで、自然界の動物たちを見ていても、子供の頃はころころと一緒にころげまわっていたのが、親のもとを離れると一匹で生きていく。さびしくもいとおしい存在なのだ。どこか遠くで気づかっていればいい。

『女60代「もうひと花」の決意』

# 必ずひとモメする遺産相続

問題が起こるのは、父母が死んで遺産を相続するときである。何事も起こらず、すんなり行く例は珍しい。必ずひとモメする。家庭をもっていれば、つれあいの意見も入り、もつれにもつれる。それを避けるための遺言があってもうまくいかない。欲の皮がつっぱるとろくなことはない。法律にのっとって平等がいいが、親を看《み》たのは誰だの、あいつは何もしなかったとか、文句続出。

それを機に絶縁状態になる。親が死ぬと、突然知らないきょうだいが出現するケースもある。親は外にできた子がいるならいるで、子供に知らせておくべきである。死んでからモメにモメるのでは、親も浮かばれまい。

『女60代「もうひと花」の決意』

# 複雑だった私と父の関係

私の父はある意味、可哀想な人だった。職業軍人だったが、軍人になりたくなくて本当は絵描きになりたかった。わが家は代々、軍人の家系で、しかも父は長男だったので陸軍の幼年学校から士官学校へ行かされた。

こっそりと美術学校へ通っていたこともあり、それがばれ、もう美術学校には行かないというまで水を入れたバケツを持たされ、廊下に立たされたそうだ。

父は本当に絵を描くことが好きだった。父の書斎はまるでアトリエで、時間があればそこでずっと絵を描いていた。母が亡くなったときには、写真の代わりに父が母を描いた油絵の一枚を遺影として使った。

母を描いた絵はいっぱいあるのだが、私を描いた絵は一枚もない。子供は画題としては面白くなかったのか？　成熟した女性のほうが、描く楽しみがあったと思う。それに戦後は父に反抗ばかりしていたから、私が可愛くない娘だったこともある。

戦争が終わって公職追放になるのだが、そのあとは何をやってもうまくいかない。要するに武士の商法で、いろいろ持ち込まれる民間の仕事をやっても全部ダメ。商売の経験もなければそうした頭がない。軍人で生きてきた人間だからまったく価値観が違う。

戦後、父親がどういうふうに変化していくか、意地悪く見てやろうと思いながら私は成長した。私は父に反抗して、それが生きがいのような人間だった。

たぶん、私は父のことが好きだったのだと思う。それが裏返しになって、あれだけ父のことを許せないと思ったのかもしれない。私にとって父は落ちた偶像だった。でも、可哀想な父なんか見たくなかった。父親のことを考えると哀しさでいっぱいになる。神経が細かくて優しい。その優しさに目を背けたかった。

『群れない　媚びない　こうやって生きてきた』

# どんなときもさり気ない顔をして

軍人恩給をもらっていた父が亡くなって、遺族年金のようなものがあったから、母は一人になっても食べられた。とはいえ、スズメの涙ほどのもので、それだけでは生きていけない。金銭的な面を含めて、亡くなるまで私が面倒を見た。

母は決して贅沢というわけではなかったけど、新潟の地主の家に生まれ育った人なので、いいものが好き。着物が趣味で、陶器や塗りものなどにも凝る。文学少女で短歌もつくっていた。

兄はいたけど、成城あたりの一人娘と結婚して、実質的にはそっちの家を継ぐという形になった。母と一緒に住んでいたこともあり、ほとんど私が母の老後を見た。

私のことをどこかのお嬢さんだと思っている人も多いかもしれないが、それはとんでもない話で、気に染まない仕事もした。

朝、北海道に居て、夜は九州で講演するなどというめちゃくちゃな生活もした。どこに居ても、夜一〇時には必ず母に電話をする。

見た目からして苦労が身についていると思われるなんてイヤだ。だから、さり気ない顔をして過ごしてきた。

『群れない　媚びない　こうやって生きてきた』

# 「赤の他人」だからいいこともある

親子でもきょうだいでも、家族から有名人が出ると、近親者がマネージメントをやったり、事務所をつくったりすることが、芸能人には多い。

その多くは裏切られる。甘えがあるからだ。

近親者がマネージメントをするのではなく、赤の他人がしたほうがすっきりしていいと私は思っている。

『女60代「もうひと花」の決意』

# 家族とはもともと厄介なもの

家族のことしか話せない人は、他に興味がない人。
あるのが当たり前のもの、なくなってみなければわからぬもの。
空気のような存在が家族である。
家族は一つこじれると、思い通りにはいかない厄介《やっかい》なものなのだ。
そうなると人間は誰もが自分の非を認めようとしない。

『家族という病』

# 家族が癒される存在とは限らない

ひっそりと息を潜《ひそ》めて生きていく人生を選ぶ人もいるのだ。
過去に何があったのかはわからない。
どんな苦しみや悲しみがあったのか。
それは家族で癒されるものではなく、
逆に家族によってささくれ立ってきたのだろう。

『家族という病』

# 子供にだけ頼らない

子供に頼るのはやめよう。

私は子供がいないから、はっきり言えるのかもしれないが、心を開いて他人の好意は受けたいと思う。

役に立ちたいと言ってくれる人がいたら、自分にできないことはしてもらおう。世の中は持ちつ持たれつだ。

へんなメンツなどもたずに、分担してやってもらおう。私は死ぬまで仕事をしたいので、それ以外のことは、できるだけ他人にやってもらう。

自分でがんばりすぎないことだ。

『女60代「もうひと花」の決意』

# 生まれてきたのも一人、死んでいくのも一人

子が親の面倒をみなくなったと歎《なげ》く向きもあるが、子は親の元から巣立っていくのが、自然界のならわしである。鳥にしろ獣にしろ、生み育てるまで親は必死に面倒をみるが、立派に育ったうえは、子は必ず親の元を出ていく。

親は親だけで自分たちで生きていかねばならない。人間だけが、子が親の面倒をみたり、親もそれを当てにしたり、子も財産をもらおうとする。

自然界の掟にならえば、子が成人したら、親子が別々に暮らすのは、ごく自然の成り行きだ。いつまでも、親と子が一緒にいるほうが不自然かもしれない。

核家族を恐れることはない。人間生まれてきたのも一人なら、死んでいくのも一人だ。そう心を決めればいい。

『女60代「もうひと花」の決意』

# 孫は小さなガールフレンド、ボーイフレンドとしてつき合う

孫との関係も個と個のつき合いというふうにいきたい。そのために小さいときからの呼び方や扱い方が大切である。

孫に接するときも、自分の孫として扱うよりも、小さな一人のガール、一人のボーイとして扱いたい。

『女60代「もうひと花」の決意』

# 子供は案外、親の本当の姿を知らない

親は親という役割と立場上、なかなか本当の姿を見せない。健康なあいだは弱みを見せないものだ。そのままに受け取っていると、親の姿を知ることなく過ごしてしまう。子供は成長して親を乗り越えていくから、素直な態度がとれなくなる。きょうだいも自分の暮らしだけで精一杯で、家族が家族として協力したり助け合ったりしなくなる。

かつての大家族のように、共に暮らしていれば相手への思いやりもあるかもしれないが、核家族で切り離されてしまうと、形だけの家族、親、きょうだいになっていく。お互いを知るチャンスは永久に失われていく。

『家族という病』

# 親は必ずいなくなる

親の死は突然やってくる。

子供の側からいうと、親はいつまでもいてくれるような気がしているものだが、思いがけない形でやってくる。

私のように「暁子命」と母に育てられた人間にとって、母が死ぬことは考えてみたくないことだった。亡くなったらどうなるのかと心細かったが、いざ母が亡くなってみると不思議に寂しさはない。

『素敵に年を重ねる女の生き方』

# 母はいつでも私の中にいる

私が薄情なのか、母がさっぱりしているせいかとも思ってみるが、そうではないらしい。母は肉体を失った瞬間から私の中に入りこんでしまったようだ。私の血となり肉となり、同化していつも私と一緒にいるのだ。

生前は別れて暮らしていたから心配もしたが、今はその必要もない。

何かを選んだり決めたりするとき、母だったらと、つい母の目で選んでいる自分に気づいて苦笑することがある。

『女50代　美しさの極意』

# 遮るものは何もない。次は私の番だ

母が亡くなった今、目の前の屏風《びょうぶ》が払われて見晴らしがよくなった。いつも母という屏風が前にあり、風雨をよけていた。死に対してもどこかで母が先、その次が私の思いがあった。

突然屏風が払われてみると、遮《さえぎ》るものはない。確実に次は私の番なのだ。両足をふんばって開き直るしかない。もはや遮るものも保護してくれるものもない。

風を前面に受け、雨を頭に受けて、すっくと立ち向かっていかなければならないと思うと勇気がわいてくる。

『女50代　美しさの極意』

# 私流・親戚とのつき合い方

親類というのは、考えようによっては面倒なもので、どこまでを親類としてつき合うかは難しいところだ。新しい親類と顔を合わせるのは、結婚式の日だろう。その場では儀礼的なものだから、顔も名前もよく憶えられないことが多い。不思議なもので、こちらが好意を持つと向こうも持ってくれる場合が多い。こちらが好意が持てないと、向こうも虫が好かないと思っている。自然に気の合う合わないでつき合いの度合いは変わってくる。

いやなのをがまんして、儀礼だと思ってつき合っていると体によくない。親戚でも無理をしないですむ気の合う人とだけのつき合いをすすめたい。

『女50代 美しさの極意』

# ひとり暮らしの人のほうがしっかりしている理由

見わたしてみると、ひとり暮らしでしっかり生きている人が、なんと多いことか。ひとり暮らしの人のほうが、いつまでもしっかりして、自分の身の始末のできる人が多いのだ。

ひとりだという責任感が甘えをなくし、頭をぼけさせない。

『女60代「もうひと花」の決意』

# 捨てなければ手に入らないものがある

私が捨てたのは何かというと、まず、父や母に頼って生きるということ。子供のころは親に頼って生きていかざるをえないから仕方ないけど、大きくなったら自分一人で食べていこうと思った。

人に食べさせてもらうことだけは、イヤだと思って生きてきた。

だからわが家は独立採算制。食べさせてもらったら何かの代償が必要であって、そんなものは払いたくない。微々たるものかもしれないけれど、自分で稼いで食べたほうがいい。

意識的に捨てないでいいかげんにしておくと、ついラクなほうへラクなほうへといってしまう。

『群れない　媚びない　こうやって生きてきた』

# 静かな家族は「個」のある家族

静かな家族とは、個のある家族だとも言えよう。家族という団体に属しているのではなくて、個がいくつか集まって、一つの家族になっている。

似てはいるが、まったく違っている。

できることなら私も家族という団体ではなくて、個が静かに寄り集まった家族の一員でいたい。

『家族という病』

# 第3章
# 人とのつき合いには距離感が大切

# ずっと人づき合いが苦手だった

人づき合いの上手なほうではなかった。小学生の頃、胸を悪くして（肺門リンパ腺炎）、二年間、家で寝ていて休学した。

困ったのは人づき合いである。

同じ年齢くらいの友達とのつき合い方を忘れてしまった。まわりにいたのは大人ばかりだったのだ。

友達に交じることができず、疎外感がいつもあった。

表面的には、一緒に行動していても心はほかにある。

友達と交わることを熱望しながら、うまくいかなかった。

そんな私なのに、五〇歳を過ぎたあたりから急に友達が増えてきた。

普通は年をとると減るというのに、なぜなのだろうかと考えてみた。

多分、私が自由になったからだろう。

若い頃は結構つっぱっていたり、鎧を着ていたから人が近づきにくかったかもしれない。人づき合いがうまくないと知っているために、余分に人を意識する。意識すればぎこちなくなり、相手に伝わる。

自然になれなかったのだ。


『持たない暮らし』

# 時には「嫌われたっていい」と覚悟する

人間関係でストレスを溜めるほどばかばかしいことはない。がんやウツなど現代病のほとんどは、人間関係によるストレスだといわれている。

ストレスを溜めず天寿を全《まっと》うすることが大事だ。人間関係は、友人、知人、家族、組織、どこにでもある。人間関係がすっきりすれば、ストレスはずいぶん減って上機嫌でいられる。

ある程度の年齢になったら、嫌いな人とつき合うのはやめよう。

仕事の場合は仕方ないが、それ以外は、会う機会を少なくすればイライラは減る。その調節をしなければならない。

「嫌われたっていい」と覚悟を決めるのも大切である。

人に好かれたいという助平根性があると、人が気になる。人の噂、自分がどう思われているか、など気にしたって仕方ない。

別に嫌われたっていい。私は私なのだと毅然としていたい。媚びへつらっていると、いつまでも人の顔色を気にすることになる。

他人に迷惑をかけてはいけないが、それさえしなければ、自分の思う通り堂々としていたい。

『老いも死も、初めてだから面白い』

# 何となく、という直感は当たっている

長い人生を歩んできた人なら、
その人なりの直感力がついていなければならない。

「好き嫌い」も素朴にその人を言い当てている場合がある。

「何となく嫌い」

「何となく感じがいい」

そうした自分の感覚を大事にしたい。


『老いの戒め』

# 去っていく人に「なぜ？」ときかない

去るものは追わず、来るものは拒まず。それが私の最近の心境である。

去っていく人を「なぜ？」と問い質《ただ》してみても詮《せん》なく、自分が情ない。

来るものは拒まず。怪しいものはいざ知らず、相手をおおらかに受け入れてあげることだ。

年をとってだんだん孤独になる人と、逆に友達が新しくできる人との差はこのあたりにある。


『老いの戒め』

# お中元やお歳暮はしないというつき合い方

お中元、お歳暮はいっさいしない。いただいてお返しが必要と考えた場合にはするが、原則としてしてしない。

親類も知人友人も、わが家の主義をよく知っているから、私たちがしなくとも何も言わない。そのかわり、誕生日や、私が旅に出た折りなどには珍しいものを見つけて贈る。

お中元お歳暮をいつも贈っていて、急にやめると首をかしげられるが、最初からしないなら相手も理解してくれる。

最初が肝心。私たちのおつき合いの流儀はこうですよ、ということをはっきりさせたほうがいい。

『女50代　美しさの極意』

# 誕生日の活用

私は、つれあいのほうの親類とのつき合いや、知人とのつき合いには、誕生日をおおいに活用する。お祝いを贈る場合もあるし、一緒に食事をすることもある。

好意を持った人の場合は、そのほうが一緒に楽しい時間が持てる。

私の家に招くこともあるし、おすすめのおいしい店で、相手の好きそうなものをセッティングすることもある。


『女50代　美しさの極意』

# 何でも人にすぐ相談しない

人はなぜ他人に相談したがるのか。

相談したところで結局決めるのは自分自身で、たいていの人は相談した段階で、自分で決めていることが多い。

最後に背中を押してくれる手が必要で、そのために相談しているようだ。

女同士の会話で気になるのは、相変わらず人の噂や嫁姑や家族の愚痴。電車の中などで耳を澄ませていると、堂々めぐりが続いている。

違う人なのだから、自分の思い通りにならないのは当たり前だ。自分の価値観と同じにしようとするから無理なのだ。自分と違っても、それはそれとして認めてしまうと楽になる。「あの人はそういう人なのだから……」と。

『老いの戒め』

# 「言わないでね」は「言いふらしてね」のこと

友人はつかず離れずがいい。必要以上に相手の心に立ち入らず、気持ちを察することが大事だ。

根ほり葉ほり聞かない。話したければ話すだろうし、話したくなければそれでいい。聞いたことは他人には言わない。口がかたいことは人間関係では大切である。それが信頼感につながる。

「言わないでね」と言って、人の噂話など口にする人は、「言いふらしてね」と言っているに等しい。噂話はしないこと。興味を持たれるからますますエスカレートして言わずもがなのことまで喋ってしまう。立ち止まって、言うべきか言わざるべきかを考えよう。迷ったときは言わないほうがいい。

『孤独の作法』

# 「私」を主語にして話す

女性の会話には、「私は」が少ない。そのかわり、他の人が主語になるケースが多い。

「近所の奥さんが……」「友人の○○さんが……」。他人が主語であるから、「誰それがああ言った、こう言った」という話になる。

自分で責任をとりたくないからだととられても仕方ない。

恐ろしいのは、他人を主語にして喋っていると、自分の考えがなくなってしまうことだ。「私は」と切り出すからこそ、いやおうなく自分の考えをまとめなければならないが、他人が主語だと、自分で考えられなくなるのだ。

女のほうがお喋りに見えるのは、余分な言葉が多いからだ。電話でも、前置きや「それじゃ」と言ってから後が長い。

必要なことだけ言って余分なあいさつやお世辞をなくしたい。社会で仕事をして来た人は、手短で簡潔だ。

タクシーを降りるとき、料金の数字を見てから財布やカードを出すのも女が多い。前もって用意しておけば、もっと早くスムーズにいくのに。

『孤独の作法』

# グループ行動は美しくない

グループで生きてきていると、自分だけ嫌われたと思うと、ひきこもってしまう。最初からグループなどなければいいのだ。友達とはすべて一対一、個と個としてつき合う。そのほうが深く理解し、つながり合うことができる。

グループの中では、自分で解決しなくとも、うやむやのうちにごまかされてしまう。自分も同じことをしておけば、グループが守ってくれる。いじめられることはない。そのかわりグループ以外の人は利害関係が別だから、差別したり仲間外れにする。男は社会的生き物だから、その辺は訓練されていて目立たないが、女の場合、ばかばかしいほど表に出てしまう。グループ行動ぐらい美しくないものはない。

『孤独の作法』

# 誤解を解きたいときは人を介さずに

どうしても何か言わねばならぬとき、わかってもらわねばならぬとき、誤解を解きたいときは、人を介《かい》さない。直接、話をする。

その人のいないところで噂をし、言い訳をするのはいちばんズルイ。

私は言うときは、どう思われてもいい、第三者に言わず、必ず当事者に会ってきちんと自分で話をする。それが最も誠意のある方法だと思っている。

『気分はシングルライフ』

# 友達に裏切られたとき

信頼していた友達に裏切られたときほど悲しいものはない。友達への落胆というより、そんな人を信じてしまった自分への落胆もある。

人を信じることは難しい。人を見抜くことはもっと難しい。結局は自分に戻ってくる。自分自身の問題なのだ。

大切なことは面と向かって話さねばならない。ひとり間に入るだけで話は変わってくる。面と向かって話しても「言った」「言わない」と後でもめることもしばしばだ。

人の話は次々と人に伝わるごとに変わってしまい、全く意味をなさない。正反対に伝わることすらある。

『晩年の発見』

## 面と向かって話さないと深くわかり合えない

人と人とのかかわり合いも、できる限りメールや機械の世話にならず、面と向かって話をする。人と人が向かい合えば、細かな感情もわかるし、その人を深く理解することもできる。

簡単な方法をとれば、簡単なことしかわからない。深く人とつき合うことが必要だ。広く浅くつき合ってみたとて、どれほどのことがあろう。

深く理解し合うことができれば、友人は一人でもいい。それが私を救ってくれる。

『持たない暮らし』

# 自分から悪口を言わない

私は、私のほうからは決して、人をおとしめたり、裏切ることはしない。悪口は言わない。

悪口を言っていた人から意見を求められたら、「そうかしら」ぐらいで深入りしないこと。

だからといって、それを他人には期待しない。人にはそれぞれの立場や方法があるから、やたらに情報を流したり、陰口を言われることがあっても、あまり気にしない。

『気分はシングルライフ』

# 人に相談するときの見極め方

一人で思い悩み、にっちもさっちもいかないときには友達に電話をしてみる。

留守番電話になっていたら、次の友達にはかけない。

それでやめておく。

不思議なもので、一人電話でつかまると、みんなつかまるが、つかまらないと、次も、その次もということが多い。

気晴らしのつもりが、イライラがつのってしまう。


『女60代「もうひと花」の決意』

# 人にはそれぞれ事情がある

肉親に不幸があった。当然親しい友だちなら、手伝いに駆けつけてくれるか、真っ先にお悔やみに来てもよさそうなものなのに、音沙汰がない。

知らないはずはないのだ。同級生が知らせてくれたはずだ。彼女の母親が亡くなったとき、自分は、何かできないかすぐ電話をしたのに。

こちらから頼むのもしゃくだし、「どうしたのかしら」と、つい愚痴が出る。どうしてどうして？　と思っているとストレスになる。もう自分に好意を持っていないのではないか。友情ほどあてにならないものはない……とがっかりしてしまう。

旅行中かもしれないし、病気かもしれないのに、自分の思いにとらわれてしまう。

こちらがたいへんなときは、友だちなら助けてくれるものと期待していないだろうか。自分もしてあげたのだから、当然の見返りがあるはずと思い込んでいないだろうか。

知人が病気のときは助けてあげた。自分が病気になったら、相手も面倒を見てくれるはずだと思っていると落胆する。お見舞いにもこないといらいらしていると、よくなる病気もよくならない。

遠慮しているのかもしれないし、仕事の手が離せないのかもしれない。人には人のそれぞれ事情があるのだ。余分な期待をしてはいけない。期待通りのことがしてもらえないとどうしてもいらいらして疲れる。自分が疲れないためにも、人を疲れさせないためにも、期待してはならない。

期待などしていないときに人から好意を受けると、身に沁みて嬉しい。期待していて受けとる好意は当然としか思えない。

# 好調なときだけ近づいてくる人もいる

私自身は、人が好調なときはあまり近寄らない。好調なときは、頼みもせずとも人が集まってくるものだ。

中には、利用しようとする人たちも含まれていよう。そんな気はさらさらないから、同じに思われては困る。

いいことも重なるものだが、悪いことも重なる。ひとたび不遇に見舞われると立て続けにあう。病気、事故、仕事上の失敗などなど。

そんなときは、さりげなく電話をして励ましたり、手紙を書いたりする。

『孤独の作法』

# 不遇なときに去っていく人

不遇なときには、人が去っていく。かつて勤めていた放送局をやめ、フリーランスになったはいいが仕事も不調、恋にも破れ、悪いことがこれでもかこれでもかと重なった。

好調なときに寄ってきていた人は去っていく。そんな中でさりげなく手を差しのべてくれたり、支えていてくれた人を知ると、嬉しかった。人というものがよくわかった。

だから不調のときこそ、さりげなくできることをしたいと思うようになった。

感謝されなくていいのだ。元気になったら忘れてくれていい。期待も見返りももちろん考えない。

『孤独の作法』

# 待ち合わせには五分前に着く

人と待ち合わせたときには、五分前に着くように計画して家を出たい。どんな事情で電車が遅れるかもしれないし、不意のための余裕を持って。

私は学生時代、授業に遅れるので有名だった。講義が始まっているので後ろの席は満員。一番前の空いた席まで歩かざるを得なかった。

ある冬の日、例によって前の席へ辿り着き、コートを脱いで席に着いた。しばらくして周りの学生がクスクス笑うので、何事と我が身をふりかえると、髪をとかしたときのケープをセーターの上にはおっていた。何と恥ずかしい！

慌てるとろくなことはない。全てスタートが大切。待ち合わせには早目に行くことだ。

『ひとりで歩く女は美しい』

# 早く着きすぎるのも考えもの

とはいえ、誰かとの約束事で待ち合わせをした場合は、相手に負担を感じさせないためにも、早く着きすぎるのは考えものである。

自分が早く着いたからといって相手のケータイに電話をして催促するなどもっての外。ケータイができたために連絡はたいていつくのだから、もっと鷹揚《おうよう》に構えていてもいい。

私の場合も、今は到着時間が自然と早くなったが、その時間を有効に使うことを考えている。到着場所の近くの散策など新しい楽しみも増えてくる。

『老いの戒め』

# パーティで過去の肩書きをひけらかす人

パーティが好きではない。親しい人の少人数の集まりや、自分が発起人だったり、役目がある場合は別だが、不特定多数のパーティは苦手だ。

退職した人たちが数多く出席する会合など、会話はほとんど昔話である。相変わらず、会社にいたときの上下関係で物を言う人が多い。元部長とか元局長、元支店長といった肩書きを鼻先にぶらさげている。

定年を迎え、家にいることが多くなると、たまに出かけた会合でかつての栄光を人に知らしめたいのだろうが、そんなものは組織上の虚名でしかない。

それしか頼るもののない、誇れるもののない人など何の価値もない。美しくない。私が嫌いな「醜いもの」である。

『不良老年のすすめ』

# 利害関係や肩書きで人とつき合わない

年をとったら、地位や肩書きは取り去って、本来の自分に戻ってつき合いたい。名刺の肩書きなど無理につける必要はない。名前があれば十分。私の名刺など、名前と住所しか書いていない。それでつき合いたくなければつき合っていただかなくて結構。

肩書きでつき合おうという人はろくな人ではない。利害関係でつき合うだけの人なのである。

『持たない暮らし』

# いつの間にか話が長くなっていないか

年をとると喋りのプロも素人も、なべて話が長くなる。喋りのプロは、どのくらい話せば何分と大体の見当がつくはずなのに、それがわからなくなる。一気に喋ってしまうのは、ゆとりがなくなったことの証明である。自分しか見えなくなり、自分の話しかしなくなる。会議の席などで、喋り続けられると迷惑この上ない。出席者はそれぞれ意見を持ちよっているのに、話す時間がない。一人に占領されてしまう。

パーティなどでの挨拶も要注意だ。名アナウンサーといわれた大先輩ほど話が尽きない。

久しぶりに話をするチャンスが訪れたからなのか、ここぞとばかり喋りまくる。

何かにせかされているように、次々と話す。「あの人も年をとったネ」と言われないためにも、どっしりと構えて、深呼吸をして、必要最小限にしたい。

そのためには、年をとったら、日頃から友人なり親しい知人なりと会って話す場を持っていることが大事である。

人の話をよく聞き、自分が話すのではなく、相手に喋らせる。その話の中から次に自分の話すことを見つけていると、話がはずむ。

会話とは必ず相手があるもの。一方的に話し手や聞き手にならず、上手に話をころがすことを心がけていると違ってくる。

老化現象は、自分が気がつかぬうちにやってくる。私だって要注意だ。

普段から気をつけていれば少しは防げる。一人で喋り続けず、必ず途中で相手にふること。ひと言でも話してもらって一息ついて次に進む。

『老いの戒め』

# 電話は三つ数えてから切る

「今、大丈夫ですか」と必ず最初に聞いてから電話で話すことは当然である。自分が喋り終わったらすぐ「ガチャン！」ではなく、相手が相づちなり何か言う間《ま》を置いてから受話器を置くこと。意識していないと癖になっている。年をとるとなぜ一方的に切るのか。相手を意識せず、自分が見えていない。自分の言うべきことを言ったら終わりでは余裕がなさすぎる。

恐ろしいのは、自分もそうなっているかもしれないことだ。気づかずにやっているから、よほど意識しなければいけない。そこで私は考えた。電話を切るときには「じゃあネ」「おやすみなさい」と言った後、「一、二、三」と三つ数えてから切る。そうすれば相手にいやな思いをさせることもない。

『老いの戒め』

# 若い人と話すときの心得

若者に対しては聞き上手に徹して対したい。こちらの意見を最初にぶつけると抵抗感が先に立って、口をつぐんでしまう。

ひとたび口をつぐんだが最後、なかなか開いてくれないから、まず相手の話を聞く態度を示すこと。そうすれば安心して話し出す。

人にもよるけれど、聞き上手になるだけでなく、若い人が興味のあることや、今流行《はや》っていることなど話題をふってあげることも大切である。

好奇心満々で面白がることがどんなに大切か！　感受性が刺激される。

『女50代　美しさの極意』

# 手紙を書くということ

手紙を書きたくなるときは、どんなときかと言われれば、思いを込めたい、そんな気分のときに違いない。

儀礼的なもの以外で特に手紙を書くというのは、相手に自分の思いを知らせたいときだ。

筆無精《ふでぶしょう》の私は、日常のことは電話に任せて、そんなときしか手紙を書かない。

だから、思いの込もった手紙は、一面識しかない人のものでも大切にとっておく。


『気分はシングルライフ』

# 友達関係にも水やりは必要

ある程度努力しなければ、人づき合いはうまくいかない。

大事な人とは、時折りの電話、手紙、相手を気づかう気持ちと、会う機会をつくること。

「自分が、自分が」では人づき合いはうまくいかない。

いつでも会えると思っているかもしれないが、もう何があってもおかしくない年齢なのだ。


『持たない暮らし』

# 持って生まれた性格

私は親に反抗して、高校時代から家を離れ、あまり親と関係を持ちたくなかったほうだけど、人がなんといっても全然、気にならなかった。誰それがあなたの悪口を言っている、噂をしていると聞いても、あまり気にならない。

まったく気にならないといえばウソになるけど、言われたからといって、所詮あの人は違う人だからと思うだけ。「ヘエー、そうなの。それがどうしたの？」と思うだけ。それ以上の興味がない。

こうした性格というのは、環境も多少は関係するのだろうけど、やっぱり持って生まれたものの力が強いと思う。

『群れない　媚びない　こうやって生きてきた』

# 自分に期待しよう

人と比べるのは、結局、自分に自信がないから。だからといって、私が自分に自信があるというわけではない。人と比べるのは、自分を大事にしていないことだと思う。一人しかいない、この世に自分は。だから自分に期待する分にはいくら大きくてもいい。結局自分に戻ってくる。他人に期待したり、人と比べて、その人と同じになりたいと思うから、不平や不満が出てくる。

不安なのだ、人と同じことをしていないと。それで、人と同じことができなくなると、人のことを引きずり下ろしたくなったり、文句を言いたくなったりするのだと思う。

『群れない　媚びない　こうやって生きてきた』

# 「さよならだけが人生だ」

「花に嵐のたとえもあるぞ　さよならだけが人生だ」

この詩は、漢詩の井伏鱒二《いぶせますじ》訳としてよく知られている。私はこの言葉が好きだ。人との出会いも別れも、仕事との出合いや別れも、花に嵐のように必ずやってくる。

人生とは、さよならを繰り返していくものなのだ。執着したり、落ち込んだりしてはならぬ。心の中はいかに悲しくとも、思いが溢れていても、自分の中で消化していくしかない。格好つけることも大事である。

さよならと言ったからには振り向いてはならない。私は前を向いて歩いていく。

『ブレーキのない自転車』

# 第4章

# 男と女は違うから面白い

# 夫婦はやっぱり他人である

たとえ家族だったことがあるにしても、人はつれあった配偶者のことを本当に理解することはない。

死という形で終止符が打たれて、はじめてそのことに気がつき、もっと話をすればよかったとか、聞いておけばよかったと後悔する。

自分のことですら正確に把握することもできないでいるのに、他人のことが理解できるか。

配偶者は他人なのだ。一番近い家族ではあるが、他人である。

『家族という病』

# 仲が良いから理解し合っているとは限らない

一生仲良く暮らした夫婦が、実はお互い何も理解し合わず、お互いを知らずに暮らし、それぞれに孤独の闇を抱え、かつて愛して別れてしまった男を想って一生を終わる、という小説を私は書きたいと思っている。

夫婦とは淋しいものだ。仮りの姿なのかもしれない。

その溝は埋まらないにしても、六〇歳を過ぎ、二人暮らしになったときには、相手のことをもっと知ろう、もっと理解しようとする時間に使うことはできないものだろうか。

『女60代「もうひと花」の決意』

# つれあいと暮らし始めたとき確認し合ったこと

つれあいと一緒に暮らすにあたって、確認したことがある。

それは、お互いに期待をしないこと。私が三六歳、つれあいが三三歳、私が三つ年上であり、それまでにお互いの生きる土台が出来上がっているから、それを尊重し、邪魔しないようにマイペースで暮らすこと。

余分に期待すると、裏切られたの、話が違うのと、相手に非をおしつけたくなる。最初から期待をしなければ、思いがけぬ好意や優しさもうれしく感じる。

お互いがその人らしく生きて、重なり合った部分を大切にする。お互い個である部分を残しておきたい。性格も違えば、生まれ育った環境も違うのが当たり前、その違いを楽しむ余裕を持ちたい。

『晩年の発見』

# 水くさい関係だから守れること

「夫婦なのに水くさいわね」

そう言う人がいるが、夫婦だからこそ水くさくしておきたい。

それでなくても同じ家に住み、長い間顔を見なければならない間柄。

マンネリにもなろうし、なあなあの関係になってしまう。これがいやなのだ。

どこかに歯止めを作っておいたほうがいい。

ここから先は入れない、と暗黙のうちに認めることが自分の自由も守ることになる。

『風は女から吹く』

# 気持ちが通い合う瞬間

近くにいなければ、そばにいなければ気持ちが通わない、夫婦とは言えないという人を私は疑う。

私に関して言えば、私達がもっとも夫婦らしいのは、離れているときだと言える。そして相手の身を案じ心を通わせ、それがたまたま電話などで一致したときだと言える。同居していなければ、セックスがなければ夫婦ではないという類のパターンは、私には何の関係もない。

「去るものは日々に疎《うと》し」というけれど、「近くにいて疎《とお》い」関係よりは、「遠くにいて近い」関係のほうが、いかに一人の男と一人の女を強く結びつけているものか。

『こんな結婚がしたい』

# 二人暮らしで自立が試される

私はひとりっ子同然に育ってしまったので、わがままで他人のことに気がつかないこともあるのだが、身近に他人と暮らすことで、いやおうなく、その日の気分や様子で相手を思いやることができるようになった。相手を思いやるゆとりが出来るのは、大切なことである。

行き過ぎると相手をしばったり、支配したりきゅうくつな思いをすることになる。

二人で暮らしてみてはじめて自立が試されるかもしれない。ひとりならばいやでも自立せざるを得ないが、二人暮らしでひとりを持ちつづけるためには、自分の姿勢を常に省みておかねばならない。

『晩年の発見』

# 父母の間に感じた一組の男と女

父と母には、どこかに、私達にはわからぬ良さ、男と女として通じ合うところがあったに違いない。

機嫌のいいときの父は、心配りといい気のつき方といい、実に優しい。ただ世間の荒波をこえて行くには、いかにも傷つきやすくもろかった。

私は子供の頃、父が母をモデルに絵を描いているのを何度か見た。

一度は裸体だったと思うが、突然その部屋にとび込んだ私も、それほど不自然に感じなかったところを見ると、いい雰囲気であったのだろう。

母を描いた油絵が今も何枚か残り、そこには愛情が感じられる。

母もそれを大切にしていたところを見ると、決して母は父のために自分の人生を犠牲にしたのではなかったと思うと救われる気がする。
父と母には、男と女として向き合うものが、通じ合うものが、ほんの一部にしろ、根強くあったのだと思いたい。

『こんな結婚がしたい』

# 子供というクッションがない夫婦の関係

子供を育てる苦労、その喜び悲しみ、確かにそれは何ものにも勝るものだろう。それを夫婦二人で共有することも一つの夫婦のあり方だろう。しかしそればかりが夫婦ではないことはいうまでもない。

子供のない夫婦に関していえば、子供がいないために経済的負担も少なかろうし、苦労も少ないとお思いだろうが、決してそうしたものではない。

私に言わせたら、子供のいる場合よりもはるかにしんどい面がある。それは中間に子供という緩衝《かんしょう》地帯がないからだ。

お互いの間には、面と向かった葛藤がある。愛情を向け合うのも二人なら、傷つけ合うのも二人なのだ。

『こんな結婚がしたい』

# 相手の失敗には文句を言わず目をつぶる

夫が家事をすることを、必要以上にありがたいと思うのは、女自身が家事は女の仕事と思い込んでいる証拠だ。こんなにバラエティーに富んだ仕事を男に分け与えない手はない。その場合大事なのは、文句を言わないことだ。

たまに買い物にいった夫に、「お金使い過ぎちゃって困るわ」だの、台所に立った夫に、「ほら、また焦がしちゃって」だのとは決して言わない。

少しぐらい使い過ぎても、焦がしても、最初は馴れていないのだから、当たり前、目をつぶろう。回を重ねるうちに、自分で要領がわかってくる。

わが家でも最初はお金を使い過ぎたが、今は私より経済的に買うようになった。長い目でみないといけないのだ。

『女50代　美しさの極意』

# 秘密にしていることがあっていい

男と女の間も安心しきっていてはつまらない。夫婦に会話がないのは、安心と惰性が原因である。

ちょっと危うくなりかかったり、問題を抱えているほうが緊張感はある。

お互い別の人間だし、考えることも感じることも違ってこそ発見がある。

何でも相手のことを知りたいとは思わない。

秘密にしていることがあっていい。

確かめたりしない。そのほうが新鮮だ。

『孤独の作法』

# 夫婦の間にも演出は必要

夫婦の間に演出を考えよう。手をこまねいている暇があったら、二人で楽しめることを見つける。旅でもいい。テニスでもゴルフでもいい。

私がアナウンサーをやっていた頃の先輩は、定年後二人で社交ダンスをはじめた。夫婦だから息も合い、練習もできる。

すっかり上達して競技会に出るほどだという。

『女50代 美しさの極意』

# おしゃれして外食をしよう

わが家でも、別行動の外食以外に、二人での外食を週一回はしようと決めている。

外食をすればお金もかかるが、かえられないものがある。緊張感だ。他人の目を意識しつつ、レストランで食事をすることは大事だ。

服装に気をつける。姿勢に気をつける。会話に気をつける。

プライベートな空間ではなく、公共の空間にいることが、快い緊張感となる。

できれば異性と出かけよう。

つれあいでも兄弟でも、友達でも、不倫の相手でもいい。異性といるのは、女同士とは違う会話や気取りを生む。それが大切だ。

『不良老年のすすめ』

# 外食の効用は、会話も普段着からよそゆきに

ワインを楽しみ、会話も自然に、普段着からよそゆきになる。他人であろうと、つれあいであろうと、おしゃれをして食事をする。

大人の素敵な男女がふさわしいレストランで食事を楽しむ図は、はた目にもなかなかいいものである。

つれあいと一緒でも、家で顔をあわせているときとは違うはず。家ではラクな格好をしているし、お化粧もしていないとあっては、お互いにいちばんよくないところを見せていることになる。外食のためにおしゃれをした相手を見て、男も女も、「おっ」と見直すこともあるだろう。

『不良老年のすすめ』

# どうでもいいことは譲り、大事なことは譲らない

けんかも年をとってくると結構エネルギーを必要とする。後でよく考えるとくだらないどうでもいい原因が多いから、あまり言いつのらない。

わが家は、食事は、料理好きのつれあいが作ることが多いので、うっかりけんかをすると、食事を作ってもらえないという弱味が私にはある。だから適当なところで妥協する。

それを見ていた友人が、私のほうが、結構つれあいに譲って従順に見え驚くらしいのだが、私は単にもめごとが面倒なのである。自分にとって大事なことは決して譲らないが、どうでもいいことは平気で譲る。

『老いの戒め』

# いつ何が起きてもおかしくない年齢だから

人はいつ死に出合うかわからない。思いがけない事故、病気、つい最近まで元気だったのに、信じられないことが起きる。

夫婦の間柄も同じである。今朝、出かけるときはいつも通りだったのに、という場合も多い。さまざまな例をみていると、いつ何が起こってもおかしくはない。元気に二人でいられるのは奇跡のように思えてくる。

「暁子さん、おつれあいを大事になさい」

と学者の叔父を失った叔母が言う。その言葉がつれあいの病後、身に沁みるようになった。

『女60代「もうひと花」の決意』

# いくつになっても異性の友達は必要

年をとったら特に異性の友達は必要だ。夫婦もどちらか一人になったとき、異性の友達がいれば救われる。

特に妻が先に亡くなると、夫は生活できず後追いをするケースが多い。仲のいい夫婦ほど喪失感が大きく、ウツ病になった知人もいる。

出かけるときは、異性の友達を探そう。音楽会しかり、絵の展覧会しかり、女なら男を誘っていこう。

『孤独の作法』

# 男と女のやりとりを楽しむ

「今度、飲みに行こうよ」

「ええ、ぜひご一緒したいな」

　こんな会話をかわしたことがあるだろうか。仕事で一緒になったとき、パーティで顔を合わせたとき、偶然出会ったとき、状況はさまざまだが、何となく心楽しい。たいていは実現しないのだが、それはそれでいい。

　単なる社交辞令と思ってしまうと味気なく、もう少し本気だと考えたい。

　男と女の会話だ。親しくなくとも、多少の好意は持っていなくては会話は成り立たない。私のほうも、瞬間その気になって応じる。そうしたやりとりが楽しいのである。


『女50代　美しさの極意』

# 年をとってからの恋愛こそ純愛である

年を経てからの恋愛は、
より精神性の高い、純粋のものではないか。
若い一つの時代を終えた後の恋愛、
願わくは私もそうありたい。
そうしたみずみずしい感受性を持ち、
ときめく気持ちを持続したい。

『女60代「もうひと花」の決意』

# 本当に出会う人は、生涯に一人か二人

人生に出会いは数多くある。
私たちが数のうえで出会う人は何人もいる。
しかし、ほんとうの意味で、自分が出会う人は一人か二人。
男と女の間しかり、同性の間もしかりである。

『恋する覚悟』

# 恋の準備はできている。もう一度恋をしたい

生を全うする前にまた恋をしたい。
今ならば、見栄などなく、
素の自分をぶつけることができるように思う。
恋をするのは若いときとは限らない。
燃え立つような恋でなくとも、
しみじみと両腕で抱きしめるような恋。
その準備はいつでもしている。
恋は覚悟だから。

『人生という作文』

# 第5章
# ものがあり過ぎるのも、なさ過ぎるのも落ち着かない

# ものの整理はむずかしい

年をとってからでは、たとえ自分のものとはいえ、整理するのがだんだん億劫になる。

子供たちは、自分たちがいらないと思うと、父や母が大切にしていたものでも、簡単に売り払い捨ててしまう。死後他の人の手で処分されるよりは、自分で方法を講《こう》じておいたほうがよかろう。

子供のいる人は言いのこすこともできるが、私のように子供のいない身は、自分で身の始末を考えておかねばならない。有効に使ってくれる人のためには、自分の持ちものを惜しまない。たとえ、好きで買いためたものでも。

『孤独の作法』

# 母が私に怒ったこと

年をとると、何でもとっておきたくなるという。何でもとっておきたくなると年をとった証拠ともいう。

私の母を見ていても、年をかさねるにつれてものが捨てられなくなり、私が整理して、いらないと思えるガラクタを捨てると怒っていた。

「あなたは何でも捨ててしまう。私にとっては大事な品なのに。この家のものには手をつけないでちょうだい」

『持たない暮らし』

# ものの命を使いきる

私には『持たない暮らし』（中経の文庫）という著書があるのだが、持たない暮らし＝捨てる暮らしと早合点した人たちが多かったようである。

私がその中で述べたのは、捨てない暮らしであり、捨てるようなものは買わない暮らしなのである。

今あるものを大切にして、ものの命を使いきること。

祖父母の代からあった塗りの机や、父母がいつも座っていた中の〝あんこ〟が出そうになったぼろぼろのソファなどが、自分にとって大切ならば、張りかえても使ってやることである。

捨てて新しいものを買うほうが安いといわれるが、私にとって大切なものは最後まで使ってやる。

人生、時折り厳しい選択をせまられ、断ち切ることが必要な場面もいくつかあるが、かけがえのない想いのこもったものは大切にしてやりたい。

捨てては買う連鎖から逃れたいと思ったら、買うときによく考えることだ。本当に好きか、ずっと愛せるか、少しぐらい高くてもいいもので好きなものを買う。そうすればもったいなくて簡単に捨てない。

「もったいない」精神は日本人の持つ美徳である。

『老いの覚悟』

# ものが多すぎると生活の知恵が失われる

ものがありすぎると、知恵が減退する。これでもかこれでもかとものの洪水が押し寄せてきて、引き受けるのに精いっぱい。知恵が入り込む余地がない。

ご飯は何分で炊けるか。お湯はどのくらいで沸くか。私達の持っていた感覚はどんどん鈍っていく。これ以上の効率化、便利さなど必要ない。

わが家では、二人暮らしなので、一人用の二合炊きの炊飯器を愛用している。保温もなければ他に何の機能もなく、ただスイッチを入れれば炊けるだけ。余分なものがなく、直火のせいか、おいしく炊ける。デザインも不必要なものが一切なく、至極シンプルだから美しく、食卓に置いても小さくてかわいい。

『持たない暮らし』

# 人の好みはそんなに変わらない

人の好みというのはそうそう変わらないから、同じものや、似た傾向のものを買ってしまう。

買い物に行く前には、自分の持っているものをよく調べてから出かけよう。

本当に必要かどうか。必要に迫られて出かけるならいいが、必要もないのに何となく買い物に行く癖はやめたい。

『持たない暮らし』

# 大切にしているものを見れば
# その人がわかる

不愉快なこと、つらいことがあったとき、物を買うと気が晴れることがある。「憂さ晴らし」の買い物だということを、自分の中で確かめておこう。普段の買い物と混同しないこと。そのあたりをわきまえておきたい。

趣味や大切にしているものを見れば、その人がわかってしまう。ものを見れば人がわかる。ものはすでにものではなく、人間を表現するものになっている。恐ろしい。口で上手につくろおうとも、ごまかそうとも、持ちものを見れば、大事にしているものがわかってしまう。

『持たない暮らし』

# 高価なものでもしまわず、普段に使う

高いものだからと茶碗なども箱に入れ、ひもをかけてしまうのでなく、御飯茶碗でもお茶の茶碗でも、気に入ったものを普段から使うこと。

ものが多いのは使わないものをしまってあるからだ。しまわずに、使う。

使うからには割れることも、傷つくことも覚悟せねばならない。それでも、使うことが、ものの命を大切にすることだと私は思う。

いいものほど割れやすく、傷つきやすい。大切にしていた古い九谷焼の大皿が、愛猫が机に飛び乗ったとたん、滑り落ちて細かく割れてしまった。

猫が悪いのではなく、落ちやすいところに置いた私が悪いのだ。

『持たない暮らし』

# 私がものを買うときの決め手

ちょっといいものと本当にいいものとは違う。
「ちょっといいわネ」と思って衝動買いしたものは飽きが来る。
本当に惚れこんで買ったものは、ますます好きになる。そこが分かれ目だ。
買い物でも、買いたいと思う決め手がある。
それは向こう側からのアピールがあるかどうかだ。
「私を買いなさい。あなたには私が似合うわ」
ハンガーにぶら下がった多くの衣類の中からそう訴えてくる。
あうんの呼吸が私と合えば買う。

『晩年の発見』

## きりりとした身の始末の良さを感じさせた幸田文さん

身の始末をして美しく生きた人として思うのは、作家の幸田文《こうだあや》さんである。幸田露伴の娘として生まれ、いつも自分の身を省みながら、楚々《そそ》として慎み深く生きた女《ひと》である。

生前、まだ私が放送局にいた頃お目にかかったが、話す言葉の美しさがその暮らしぶりを想像させた。いつも着物をきりりと着て、身の始末の良さを感じさせた。

『孤独の作法』

# 俳優を引退し、書くことに専念した沢村貞子さん

俳優の沢村貞子《さわむらさだこ》さん。夫の死後、葉山のマンションに移り、自分の身の始末をして見事に死んだ。ということは見事に生きたことでもある。

この女《ひと》のエッセイも洒脱で、随筆家としても優れていた。晩年は俳優を引退し、書くことに専念した。

書くことは身の始末である。自分の姿が見え、一生をふり返り、自分の生涯を総括することでもある。

『孤独の作法』

# 鶴見和子さんと澤地久枝さんの生きる姿勢そのままの着物姿

上智大学の元名誉教授で、『南方熊楠《みなかたくまくす》』などの著作のあった鶴見和子さんは、いつお会いしても、自分流の着物姿が美しかった。生きる姿勢そのままに清潔で、背筋が通り、そしておしゃれが好き。中国や東南アジアの布を上手に帯やショールに使ったり、思いがけない工夫が楽しい。長くアメリカにいらしたので、洋服姿も板についていたが、海外旅行以外は着物だった。

そしてもう一人、生きる姿勢そのままなのが作家の澤地久枝さん。いつも身ぎれいで、心配りがゆきとどき、さり気なく着物を着てテレビにも講演にも行く。やはり自分流がしっかりある着物姿だった。だが年をかさね、全ての着物を整理したという。それもまた大切なことなのだ。

『贅沢な時間』

# 印象的だった
# 篠田正浩、岩下志麻夫妻の住まい

仕事柄、よそのお宅へ訪問してインタビューすることも多かったが、今も印象に残っているのは、篠田《しのだ》正浩《まさひろ》、岩下志麻ご夫妻の家である。監督と女優の家であるから華美な風情を想像したりもした。それまで訪れたほかの女優や男優の家がそうだったからである。

お二人の家はまったく違っていた。少し大きめの、さりげない造りのお宅だった。お嬢さんはその頃小学生。玄関には子供の靴もあるし、人に「見せる」という気持ちが感じられず、普段着のまま。通された居心地のよさそうな居間の外は緑の棚になっていて、インタビューも自然に進んだ。

玄関のベルが鳴ってお嬢さんが帰ってきた。

「ここへいらっしゃい。ご挨拶をして。うちの娘です。こちらは下重さん……」

お嬢さんは挨拶をしてから、自分の部屋に向かった。爽やかな気持ちになった。いままでは珍しくなってしまったが、当然のしつけとしてどの家でも行われていたことが守られている。

訪れた人を、ありのままの姿で迎え、子供も客に自然に挨拶をする。そのとき私は、お二人の価値観を見たと思った。さりげなく、決して人に見せるためではない自分たちの暮らしがある。

『持たない暮らし』

# 「木馬を買わない？」

ある日、岸田今日子さんが言った。

「ネ、木馬を買わない？」

今日子さんや姉の衿子《えりこ》さんが親しくしている岩手県の山奥に住む土屋拓三《つちやたくぞう》という木工作家の作品で、写真を一目見て気に入った。

漆ぬりの人を乗せることの出来る木馬は今日子さんが買ったので、天に昇ろうとする天馬を私が買うつもりだった。結果的にやっぱり私も乗れる木馬が欲しくなり同じものになってしまった。

パリのモンマルトルの四階のアパルトマンに住む黒須《くろす》昇《のぼる》という画家を紹介し

てくれたのも今日子さん。

パリを訪れるたびに会って彼の不思議な絵を買った。

「きっとあなたが好きだと思って……」

そう言われたのが嬉しかった。

木馬は今これを書いている軽井沢の仕事部屋に置いて、疲れると時々乗って揺れている。

『この一句』

# ものがなさ過ぎると、遊びがなくて居心地がよくない

気持ちよく暮らすためには、きれいにしすぎないこと。雑誌のグラビアにのる部屋や整理術を見ていると、これで生活ができるのかと思うほど無駄なものがない。遊びがない。他人行儀で親しみも温かみも感じない。自分の家なのだから自分が暮らしやすくすることがいちばん居心地がいい。

『晩年の発見』

# 本当に好きなものは決して忘れない

冬から春夏になり、あるいは夏から秋冬に変わる衣替えの季節になると、持っている洋服で何があったか忘れているものがいくつかある。

出してみてはじめて、「あ、こんなものがあった」と気づく。

私にとってどうしても必要で、好きな洋服ではない。忘れているぐらいだから、なくてもすむものかもしれない。

本当に好みの洋服は決して忘れることがない。アクセサリーしかり、靴や鞄にしても同じことが言える。

いるいらないの判断は、記憶を頼りにするといい。

『持たない暮らし』

# 母の手の感じられる着物はいとおしい

亡くなった母の着物を整理していて、好きでよく着たものは一目でわかった。母の手が感じられるのだ。触《ふ》れた分だけ布が練《ね》れている。かすかな汚れですらいとおしい。

使いこまれたものには、それなりの美しさがある。人の手が数多く触れ、愛されることで、ものに命が加わる。触れることは、ものに命を与える行為でもある。

触れる行為には思いがこもっている。触れれば触れるほど心が通じ、そのものたちが私になじんでくる。

『気分はシングルライフ』

# 母が亡くなってわかったこと

母の愛したもの、使っていたものには不思議に母の匂いがしみついていた。寝具や着物はもちろん、財布をあけると母がそこに居た。箪笥をあけても鏡台をあけても今まで感じなかったのに母が居た。

そのとたん、私は母のものが何一つ捨てられなくなった。

生前は、「こんないらないものをとっといて」「古くなったんだから捨てちゃえば」と冷たく言い放って、母の気づかぬうちにこっそり捨てたこともある。

今から思えばなんと薄情だったのだろう。母の気持ちをいかに理解していなかったのかがわかる。母がいなくなって、母の匂いのしみついたものが私の愛しさの対象になった。

『素敵に年を重ねる女の生き方』

# 旅仕度はシンプルライフの訓練

私は荷を詰めるのが得意だ。つれあいときたらその工夫ができず、結局私が荷造りをするはめになる。

コンパクトにまとまっているわりには、結構たくさん入っていて、人からも感心される。

おしゃれ用にはスカーフやブラウスで気分を変え、まったく同じ服装ということはほとんどない。

旅先では組み合わせが大事だ。

持っているものは限られているから、それをいかに有効に使って気分を変えるかが試される。衣服に関してはそれが大事。あとは現地で調達することだ。

旅から帰って一度も使わないもの、着なかったものがあったら、無駄なものだったのだ。

次の旅から、経験を生かして持っていかないこと。

いかにさりげなく、シンプルに旅ができるか。

旅はシンプルライフへの試金石なのである。


『持たない暮らし』

# 海外旅行で換えたお金を使い切る方法

私は海外に旅するとき、着いた先の空港で、滞在日数と必要なお金を考えてからその国の通貨に換える。途中でもう一度換えたりすることのないよう、換えたお金は使い切る。

これはなかなかスリルがある。帰国する飛行機に乗り込むときには、小銭を残して何も残らないように。日頃はどんぶり勘定しかできないのだが、いままでのところ、うまく使い切って空港を後にする。

途中で買い物をするときもだいたいの目安を立て、残り少なくなれば、節約もいたしかたない。死ぬときも、その調子でやればうまくゆくかもしれない。

『持たない暮らし』

# 第6章
# 前を見つめて楽しく暮らす

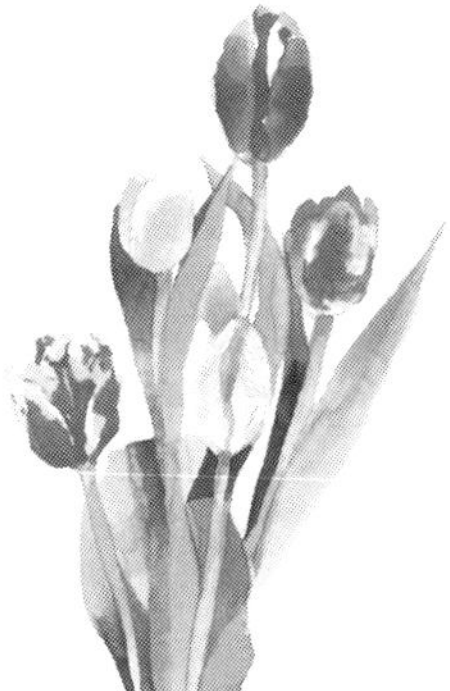

# 年のとり方はその人自身の生き方

世間体を気にし、世間に合わせたとたんに年をとる。
年齢はみな等しくとるようになっているが、
生き方、年のとり方はその人自身のものである。

『老いの覚悟』

## 「それがどうした、なんぼのもんじゃ」

年をかさねるごとに、私は陽気になる。なぜか、こだわることがなくなってきたからだ。自分がいちばん大切にしてきたことにはこだわるが、それ以外はどうでもいいのだ。

若い頃にはコチコチに身を固め、角《つの》を出して外敵に備えていた。

というと、私をほんとうによく知る友人達は口をそろえる。

「そんなことないわよ。昔から、恐いもの知らずで、傍若無人、ちっとも変わっていない」

開き直っているところがあって度胸がよく見えたらしい。

『老いも死も、初めてだから面白い』

# 年とともに器量よしになる！

年をとったら器量よしになりたい。

自分を戒めて年とともに器量よしになる。

おめでたい私はそう決めている。器量とは外見のことではない。その人の持つ器、心の大きさ、美しさである。

年とともに器を少しずつ大きくしていき、その中につめ込むものを豊かにしたい。そのための努力をはじめたい。

『老いの戒め』

# 人の喜びを自分の喜びにできるか

人の喜びを素直に喜べるかは、心の柔軟さをはかる尺度だ。
硬直した心ではひがみしか出てこない。
いつまでも人の喜びを喜びとできる自分でいたい。

『老いの戒め』

# 過去はいい。前だけを見つめよう

年齢を言い訳にしてはならない。
いくつだからできないということはない。
これからなのだ。
前だけを見つめてこの先の自分に期待してやろう。
何が出てくるか、何ができるか考えるほどに楽しくなる。

『老いの戒め』

# 準備は早め早めに

私自身は、若い頃は時間に少し遅れがちであったけれど、最近は早くなった。意識しているわけではないが、気がつくと一〇分か一五分は早く着いている。オペラなど観に行くときも、ギリギリで飛び込んで間に合うと自慢していたのが、もし遅れたらと思うあまり早めに家を出て、二〇分か三〇分早く着いてしまう。

つれあいと二人で出かけるときも、すでに私が準備を終えて待っていると、「また笑われるぞ、老化現象だと言われる……」と言いながら、つれあいも以前よりは早め早めに準備している。

『老いの戒め』

## 自分の老いに気づくとき

あるとき、女優の野際陽子さんがゲストに出ているNHKの番組を見た。その番組で、野際さんは、私と彼女がともに過ごした名古屋のNHK時代の話をするというので、私も一言話すことになっていた。野際さんのいるスタジオは生で、私の分は事前に仕事場まで撮りに来ていた。

野際さんを見ながら、つれあいに言う。

「野際さんも少しふけたわネ」

場面が変わって私が野際さんと一緒に暮らした名古屋の寮が映る。当時は新しくきれいだったという印象なのだが、今見るとオンボロアパートである。

名古屋駅が映り、若い女性が二人、アナウンサー時代の野際さんと私である。

若い！

と間もなく現実にもどって今の私が映った。なんと、野際さんのことなどとても言えた義理ではない。

自分で思っていたよりふけている！　ぞっとした。鏡で見ている分にはそう思わなかったが、写真やテレビはごまかせない。

かつて黒柳徹子さんが言った。テレビに出るならずっと出続けないとダメ。しばらくして突然出ると「ふけたなあ」と言われるから。毎日見慣れていると、少しずつふけていくので目立たないが、突然出ると、その間の目の慣れがないからふけたと感じる。

さて、私自身のことだが、これはいけないと思った。そのときの疲れ方や撮り方にもよるが、やはり少しは努力せねば。

私はこまめに手入れをする方でもなく、化粧品もこだわらず、五分あれば仕度はできると言ってきた。やはり美しさを保つには、努力も必要である。

『贅沢な時間』

## 新しい知識をふやす

月に一回の句会は、四〇年以上続いた。「話の特集句会」といって矢崎泰久《やざきやすひさ》編集長の幻の名雑誌「話の特集」に縁のある人々が集まっていた。

同じ年齢のイラストレーターの和田誠《わだまこと》さんと、物忘れが激しいことが話題になる。

一番まずいのが、固有名詞、特に、人の名前が出てこない。

「ほら、あの人、ヤクザ映画のスターだった……」

などと顔は浮かんでいるのだが名前が出てこない。

そんなときは諦めてはいけない。すぐ出てこなければ、何か他のことをしながら考えているとふと出てきたりする。

しっかりと頭にたたきこんで新たに覚え直す。
その場で処理しておかないと、永久に記憶は失われるかもしれない。
調べる方法があるなら、調べて確認し、再び記憶に焼きつけておく。
逃げていったものを追いかけるのでなく、新しい知識としてたたみこんでおく。
そうしなければ記憶は失われていくばかりである。

『老いの戒め』

# 最後まで責任を持ってやれることだけ引き受ける

役目は引き受けたら責任を持ってやること。遅れたり休んだりはしない。出来ないなら最初から断るべきである。これも残された人生を大事に生きるコツである。今ごろになってようやくそれがわかってきた。

それもこれも公益財団法人ＪＫＡ（旧・日本自転車振興会）という組織を引き受け、最後までやったおかげである。

私自身は責任感は強いほうだとは思っていたが、いいかげんな部分もあった。組織の中ではそれが命取りになる。危ない橋をぎりぎり渡りながら、最後の責任をとるという事がどんなに重大なことかもわかってきた。自分一人の責任のとり方と組織としての責任のとり方は違うのだ。

『ブレーキのない自転車』

# 老いの正体を見極めたい

年をとったという実感がない。日頃はほとんど意識しないうちに日が流れていくが、時折りひょいと顔を出して、私を驚かす。

忙しい最中は感じないが、終わった途端がっくりくる。体は正直で裏切らない。疲れもすぐに出てこず、徐々に押し寄せ、私をなぎ倒して過ぎる。外国旅行から帰った後の時差ボケも、三、四日してあらわれ、一週間も一〇日も居座る。

それでも本音は認めたくなかった。これは老いの症状であるということを。

だが私は物書きである。年齢と向き合わずに何が書けるか。一度は襲ってくるものの正体を面と向かって受けとめ、よくよく見つめなければ次へ進めない。

『老いの覚悟』

# 下り坂も体験してみないと人生はわからない

以前、山登りは上りが得意だったが、下りは苦手だった。下りが心地よいのは、そこまで上った人のみが感じられるものだろう。中途半端に上ったり下ったりした者にとっては、なかなか下る勇気がない。

下り坂の人生になったとき、それを十分に楽しむことができるかどうか。まだまだ余分な欲があって十分に楽しめてはいないと思うが、楽しむためのコツは、肩から力が抜けているかどうか。余分なものを削《そ》ぎ、力を抜いて、いつになったらひょうひょうと生きられるのだろう。

『老いの覚悟』

# 「まあ！」「へえ～」「あら！」

「まあ！」「へえ～」「あら！」と感動するたびに細胞が新しくなると私は信じている。

黒柳徹子さんが、なぜ、いつまでも愛らしく生き生きとしているか？　それは感動上手だからだ。「まあ！」「へえ～」「あら！」という感嘆詞はお手のもの、心から発せられていて演技ではない。トットちゃんの昔から感動するという自分の心に忠実に生きてきた。だからいつまでも若い。

私は黒柳さんの番組を子供の頃聞いたから、私より年上なのは確実なのに、いつまでも可愛い。年をとったら可愛くありたい。私もそう願っている。少女のように感動する心を最後まで大切にしたい。

『いつだってもうひと花』

# ずっと遅寝遅起き

「この頃、血圧が高くなってね、もともとは低血圧だったのに」

「あら、どのくらい？　私もなのよ、薬は飲んでる？」

「コレステロールを下げるのだけ……」

人に会うと健康の話ばかりである。ガンになった人、ウツになった人と噂をひとしきりして会話が終わるなどということもある。

健康に留意することは大切ではあるが、それぱかりではさびしい。

神経質になっては生きていることも楽しくはない。自分に合った方法で健康管理をした上は、気にせずのんびりしていたい。

早寝早起きがいいとわかっていても、できない人もいる。私は仕事柄、昔から遅寝遅起きが癖になっている。寝るのはたいてい夜中の一時か二時、起きるのは九時か一〇時頃である。早朝仕事に行くときなどは例外だが、だいたいこのペースである。朝食は九時半か一〇時半、昼は、したがって、二時間ずれて午後二時頃、夜は八時がふつうである。

起きがけは、ぼーっとしているから、新聞を読んだり、身辺整理や散歩をして昼過ぎから机に向かう。そして七時頃まで原稿を書き、八時に食事で、九時から二時間ほどくつろいで、あとは本を読んだり、音楽を聴いたり。

家にいればこのペースは守れるが、外へ仕事や遊びに出ることも多いから不規則である。もともと規則正しい生活にたえられないところがあって、不規則が当たり前になっているので、わざとペースを崩してみたりする。そのほうが気分転換になっていい。

『不良老年のすすめ』

# よく眠るための私の工夫

寝るのは午前一時か二時、昔から夜に強かった。

こういうマイペースな生活は私に合っている。怠惰と紙一重だが、自分が決めた事には忠実なので、今日は何枚書くと決めたら必ず守る。

終わったときのすがすがしさ。

眠れぬ夜は、翌日昼の時間を存分に使うべく、半錠だけ精神安定剤を飲む。

寝るのがいちばん。

私の健康法は、よく眠ること。たいていのことは治ってしまう。


『ブレーキのない自転車』

# あのおばさんは誰？

外国に旅に出て、空港などで日本人に出会うと、「なんて格好悪いの」と思う。よく見ると鏡に映っている自分だったりして、あきれたり、がっかりしたり、という経験はないだろうか。

評論家の桐島洋子さんが言っていた。

家のリビングに鏡を張っておくと、自分の姿がわかる。キッチンから料理を持って出てきた黄色いおばさんが誰かと思ったら、自分だったと。

リビングや家庭のくつろぎの場に鏡を張ろう。できるだけ鏡を見、鏡の中の自分を見つめよう。鏡を張ることで、部屋はずっと広くも見えるし、きれいにすれば、倍きれいに見える。

『不良老年のすすめ』

# 全身鏡の効用

鏡の効用は限りなく大きい。あからさますぎるのもつらいので、わが家のリビングの鏡は、少し黒っぽい色をかけたものにしている。

玄関には全身の映る鏡を置く。出かける前に、身だしなみはおかしくないか、忘れものはないかをチェックする。

バスルームを出たところの洗面所にも大きめの鏡を。体のたるみや皮膚の張りなどチェックできる。裸の自分を映してみると、思いがけないことを発見する。それが健康チェックにつながることもある。

『不良老年のすすめ』

## どうやら、もう一生分飲んでしまったようだ

情けないことにある時期から、私はとんとお酒が飲めなくなった。飲めば飲めなくはないのだが、翌日に持ち越す。仕事に支障をきたす。若い頃のように、午後三時になれば、二日酔いも嘘《うそ》のようになくなるというふうにはいかない。

もともとは低血圧であったのだが、四五歳過ぎぐらいから高めになり、体質も変わってきたようで、「飲みたくないなら飲むのはよそう」と思い、飲まなくなってしまった。昔を知る人は、「どうしたの？」とか「どこか悪いの？」と言う。説明すると、「そうだナ。昔一生分飲んじゃったんだな」。

その人の一生分の容量は決まっているらしく、小さな私の体は容量を若い頃に使い切ってしまったのかもしれない。


『不良老年のすすめ』

# 不運と思うことも、プラスにして考える

もともと体が丈夫でもなく、人づき合いも上手ではない。決して楽観的な性格だったわけではないが、年をかさねるにつれて、こだわりがなくなり自由に自分の素を見せられるようになってきた。

なぜか。自分の機嫌をとるのが上手になったせいだと思う。長い間観察していると、私という人間が、どういうときに落ち込むか、どう処置すればいいか。気分転換の方法がわかってきた。

不運と思える出来事も、むしろそれをプラスにするべく楽しんでしまう。

怪我や病気も初体験と考えることで発見がある。同じ骨折でも右足首と左足首は違うし、手に至っては思いがけず、回復に時間がかかった。

文句を言ってもはじまらない。不注意は自業自得。じっくりとつき合って、そこで得るものがある。

子供の頃、二年間病気で寝ていたことが、妙なところで役立っている。なるようにしかならない。

そんなときはじっと息を潜めているに限る。

あせればあせるほどうまくいかない。病気も怪我も無駄というものはない。

『老いも死も、初めてだから面白い』

# お金の使い方はメリハリつけて

年をとることはすべてが減ってくることを意味する。まず持ち時間、体力、そしてお金である。持ち時間や体力は目に見えないが、お金は目に見える。老後のことを考えると、お金は大切だし、無駄に使うことはできない。上手に使う方法を身につけたい。

そのためにメリハリをつけること。どーんと使うところは使う。節約するところは節約する。これからのお金は子供のためではなく、自分自身のために使えるのだ。好きなことにお金をかけて、どうでもいい部分はカットする。そのあたりを大胆にしたい。

『不良老年のすすめ』

# 無理なスケジュールは組まない

できないスケジュールは組まない。若いときなら徹夜もできたが、今は一日七〜八時間の睡眠をとらねば、仕事ができない。

いやいやの仕事は、うまくいくはずはないから、体調や気分を整えた上でとりかかる。書き終えたときの解放感、仕事が終わったときの喜びは何ものにもかえがたい。もっとも上機嫌なときはといわれれば、まず第一に仕事がうまくいったときだろう。

遊びの時間を楽しく過ごすためにも、決して仕事を持ち越してはならない。仕事に後ろ髪を引かれていては、楽しみに没入することができない。

『老いも死も、初めてだから面白い』

# 案外、病をかかえている人が長生きなのは……

病をかかえている人のほうが長生きである。
気をつけているせいか、自分の体の声に耳を傾けることを知っているのだ。
これ以上は無理という限度がわかっている。
無理を続けると結果が見えているから、早目に処置をする。
子供のとき病気で寝ていたぶん、私は後半戦で取り返さねばならない。
人生はうまくできていて、差し引きゼロというふうに運んでいるようだ。

『人生という作文』

# 華やかよりもシックに上品に

「年をとるほど華やかに」と言う人がいるが、私はそうは思わない。

年をとるほどシックに上品に清潔に。華美なものはかえって年を滲み出させ、みじめな結果になる。

年をとって美しくなるためには、具体的にいくつかの条件があるように思える。一つは清潔感である。義母の場合も美しく見えた理由は清潔感だと思う。年をとると汚れて見えがちだが、楚々として見えるのは、下着から着るものすべてを清潔に、体も清潔に保つことを心がけているせいだろう。

身のまわりも贅沢ではないが、きちんとしているし、洗い物や整理もみな自分でやる。居ずまいの清潔さが立居振舞いにもでるのだろう。


『不良老年のすすめ』

# 人目にふれる手や爪は特に清潔に

顔の表情には、その人の考え方や生き方が出るから、自分の身を自分で始末する気持ちを大切にする。

顔や手脚など人目に触れるところは、特に清潔にする。

しばらく前まで私もマニキュアをし、洋服に合わせて色を変えることをしていたが、若々しい指にマニキュアはそれなりに美しくとも、少し年の出た手に色のあるマニキュアは不潔っぽく見えることも多い。爪《つめ》そのものを美しくするよう、美容院で磨いてツヤを出してもらっていたが、最近は、月一回、その時々に合ったネイルアートを楽しんでいる。

『不良老年のすすめ』

# 本当にいいものが似合うには年齢が必要

次に大切なのは、シンプルで良質なものを着ること。

無地、ストライプやチェック、すっきりしたものを着る。たまに色物もいいが、やはり基本の黒、白、グレイ、ベージュといった色を着こなしたい。暗くなりがちなら、そこに少し明るい色づかいをする。

同じ黒でも白でも上質のものを。若いときは安いものでもとっかえひっかえ着て楽しむのがいいが、年をとったら高くてもいいものを。

本当にいいものが似合うのは年をとってからだ。若い人がヨーロッパのブランドものに凝《こ》るのはいただけないが、年をとったら、ブランドといわずとも、質のいいもので長く持てるものを選びたい。


『不良老年のすすめ』

# 森英恵さんのハッとする着こなし

ハッとして感心したのは、森英恵《もりはなえ》さんの着こなしである。以前から黒が多かったが、黒のスーツに若向きのシャツを中に着て、スカーフをしたりしなかったり。シャツスタイルというのはいくつでも誰にでも似合い、きりっとして見える。私も真似てみた。上質の縞やチェックのシャツを中に着て衿を出してみると若々しい。お洒落な人をよく見ていると参考になることが多い。

スーツだけで妙に収まってしまうと年をとってみえるが、シャツと組み合わせることで生き生きしてくる。黒のスーツにきれいなブルーやグリーンなどのシャツやブラウスもよく合う。

『老いの戒め』

# 着物は着物として着る

年輩向きの店などでは民芸調の服や、着物や日本の柄を洋服にしたものがぶら下がっているが、着てみると決して美しくはない。

若い頃は、そうした布を面白く仕立てたものも好きだったが、ある年齢から全く似合わないどころか逆効果であることに気づいた。

着物は着物として着る。洋服は洋服として着る。

それが年をとってからの私のモットーである。


『老いの戒め』

# 自分の機嫌をおしはかる

電話で話していて、突っけんどんになる。

不親切になったり、意地悪になったりする。

私の場合、そうした徴候があらわれると、いらついているな、という自己判断ができる。

なぜ自分がいらいらしているのか考えてみると、寝不足だったり、スケジュールが過密であったり、原因らしいものに思い当たる。人間の気持ちというのは、ころころ転がる玉のようなもので、ささいなことで不機嫌になったり、人には見せないつもりでも、わかってしまっているだろう。

思わぬ事故にあうのもこんなときだ。

『女60代「もうひと花」の決意』

# 時には夜遊び

「夜遊び」――その言葉にはなんとなくなまめかしさと罪悪感があるところがいい。私は夜遊び大好きである。よほど追い込まれていないかぎり、夜、仕事はしない。では仕事はいつしているかというと、原稿を書く仕事はもっぱら午後である。六時か七時頃まで原稿を書いて、あとは自分の時間である。

音楽会に行く。芝居に行く。句会に出かける。様々だが、ともかく遊んでいる。外に出かけないときは本を読んだりCDを聞いたり。

かつては、夜も仕事をした。お酒を飲んだ後でも原稿を書けたし、適当に空いた時間に遊んでいた。しかし今は、一日のうちに息抜きと楽しみを作っておかないと、続かない。

『老いも死も、初めてだから面白い』

# バーこそ大人が似合う場所

先日、食事の後、バーへ出かけた。以前を思い出し、バーの空間に腰を落ち着ける楽しさを味わった。

たまにはいい。

毎日、定刻に帰り、決まった食事を食べているだけではつまらない。時々ハメをはずして、不規則な生活をしてみると、刺激になっていい。

久々に午前さまになり、そっと力ギをあけ、家に入った。

『女60代「もうひと花」の決意』

# 第7章
# 毎日の時間の使い方

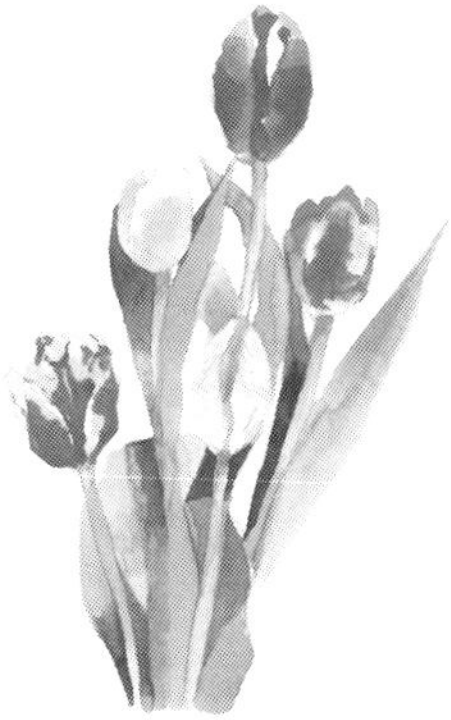

# 自分の生活を点検してみる

五〇歳を過ぎたら、人生の締め切りを考えて、計画的に生きることが大切だ。締め切りをいつと考えるか、難しいところだけれど、仮りに九〇歳としよう。年をとることによる体力、気力の衰えを考えると、六〇代は五〇代のようにはいかないし、七〇代は六〇代のようにはいかない。

あまり時間の余裕はないことに気づくだろう。

どんな計画を立てればよいか。自分の生活をよく点検してみよう。そして、今までの人生をふり返ってみよう。

『女50代　美しさの極意』

# すべきこと、やりたいことは何か？

自分の生活を、しなければならない仕事と、自由でプライベートな時間との二つにわけるといい。

どうしてもしなければならない仕事は何か、自分の生きている証《あかし》が何なのかを考える。プライベートな時間については、ほんとうに好きなこと、やりたかったことを選び出す。

あれもこれもやりたいと出てきたものの中から、ほんとうにすべきこと、やりたいことを選び出す。若いときのように時間は無限にあるのではないから、二つか三つに絞って、あとの二、三〇年でやっていく計画を立てる。自分の心によく問いかけてみることが必要だ。

『女50代 美しさの極意』

# 行動に移していこう

あなたには、人と同じことをする時間はないのだ。
人に連なって、あの人がやっているから私も……は許されない。
若いときならば、多少の試行錯誤も許されよう。
六〇代になったら、それは通用しない。
そんな暇はないのだ。
自分の心に問いかけたことを行動に移そう。
すぐとりかかるのがよい。

『女50代　美しさの極意』

# 人生の幕が閉じるその日まで真っすぐ生きる

寿命は、誰も知ることができない。私に残された時間がどのくらいあるのか、知りたくても知ることができない。知ることができたとしても何の役に立つだろう。幕を閉じる日まで真っすぐに、堂々と進んでいくしかない。

一〇年という予想は立ちにくいが、五年という区切りなら思い浮かぶ。確信はないが、私のカンである。自分のことは自分のカンに頼るしかない。外《はず》れれば外れたときのこと、そう思うと気が楽である。

『晩年の発見』

# 伝えたいことは、「耳にタコ」と言われても言っておく

子供たちに残すものは、財産やお金に限るのではない。もっと大切なのは、形にならないもの、人の思いである。

「耳にタコ」という場合もあって、子供はうるさくて「わかったわかった」と言いたくなったりするが、少しぐらいうるさがられても、言いたいこと、伝えたいことは言わねばならない。

『女60代「もうひと花」の決意』

# 私の希望

私自身は、いわゆる葬儀はしないでいいと思っている。

私に心を残してくださる人がいるならば、その人たちには、私から最後のはなむけとして、思いきりおいしいものを食べ、私の好きな音楽を聴いて楽しんでもらいたい。

そのためのお金は残して、あとは一文もいらない。

お金は、寄附も含めて、すべて使い切って死にたい。

後の争いの種になるものなどは残さぬにこしたことはない。

身の始末、考えれば考えるほどむずかしい。


『孤独の作法』

# こう死にたいと願うことは、こう生きるということ

母の弟である仙台の叔父が同じ医師ということから、主治医にこれ以上無理な延命は避けてほしいと告げ、母は静かに息を引きとった。

私と叔母は遺影に使う写真を探すべく、等々力の実家へ向かった。鍵をあけて中に入ったとたん地震が来て、廊下の壁にかけた額が落ちた。絵描きになりたかった父が描いた油絵が数枚かかっていて、その中の一枚だけが廊下に落ちた。

着物姿の母の上半身を描いた油絵で、それを見たとたん、母が「この絵を葬儀に使ってネ」と言っているのがわかった。

「暁子さん、同じ日よ。同じ日！」

叔母の声がした。

「え？」

「おばあちゃんと同じ日！」

三月一八日、まさに祖母の命日、母は生前言っていたように、自分の母と同じ日に死んだのだった。

生き方は死に方にあらわれる。決して偶然ではない。

母も自分の母と同様に仏心篤《あつ》く、人のためにつくしたいと願って生きたから、同じ日に死ねた。もし願わなかったらあり得なかったろう。こう死にたいと願うことは、こう生きるという決意表明なのだ。

『晩年の発見』

# 完璧な遺言というものはない

誕生日ごとに遺言書は書き直し、弁護士に預けるのがいいと言われた。

確かに年々事情が変わってくるから、こまめに遺言は書き直すべきだろう。死後血縁の間などでいさかいが起きないように。死の準備は身の始末。他人まかせにしてはいけない。自分が生きたことの締めくくりとして、遺言はしっかり書いておきたいものだ。

けれども、遺言というものには、完璧はないのかもしれない。死の瞬間、「しまった」と思ったり、「書き直したい」と思うかもしれない。

それでいいのだ。完璧な遺言などありえない。完璧な生がないのと同様に。

『晩年の発見』

# 今の現実を知る努力

私は今に生きていたい。今に流されるのではなく、今を見つめる目を持っていたい。そして適確な判断を下せる自分でいたいと思う。

現実にほんろうされたくはないが、現実の中で生きている自分を見つめる目を持ちたい。それには、今を、現実を知り、それをどう自分なりに解釈するかという訓練を怠るわけにはいかない。

最小限テレビを見、新聞を読み、あとはべったりと現実に足を着けるのではなく、少し足を離しておく。その離し方がむずかしいのだが、足を地面に着くでもなく、着かぬでもなく、地面を時々は見ることのできる間隔を保っておく。

『贅沢な時間』

# 一見、役に立たないような時間の価値

一年に一回くらい、一日に一回くらい役に立たない時間を持ちたいと思う。現実から足を離し、木漏れ日の中で揺れているような贅沢な時間を……。

全てを忘れ、現実から足を離していられる時間……。それを手に入れるには、役に立つことと目に見えることばかり追っていてはダメだ。

男はマニアやコレクターなど自分だけの世界を持つ人が多い。電車、飛行機、幻の蝶、ちびた鉛筆……他の人に分からぬ役に立たないものに凝る。少年の日の夢をどこかに隠し持つ。

女が手に入れるものは、そうした一見役に立たない、自分だけの世界、贅沢な時間なのだと思う。


『素敵に年を重ねる女の生き方』

# 明日は我が身

私はいつも「明日は我が身」と思うことにしている。私の母は、決して愚痴を言わず、他人に不満を言わない人だったが、ある年齢から言うようになった。最初はがっかりしたが、これも老いのなせるわざと聞き流せるようになった。「あ、そう」「あ、そう」といって深入りしなければ、次には忘れて違う話題になっている。

相手が年をとったら、こちらが聞き上手になることが大事だ。話してしまえば気がすむことだって多い。

『女50代　美しさの極意』

# 旅はひとり旅がいちばん楽しい

若い頃から憑《つ》かれたように旅をした。知らない街、初めてのもの……そのたびに新しい発見があった。仕事で地方に出かけた折り、帰りの列車や飛行機まで、三〇分余裕があれば、その中で旅をした。外国でも取材の終わったあと、ひとり残って自分の旅をした。

たいていひとりだった。正確にいうと、誰かが一緒だったこともあるが、心はいつもひとりだった。純粋な目を取り戻し無心になって、その国や人々や風物に染まる。そんな時間がこよなく大切だ。

『旅のかたみ』

# 自分の身を自分で処する知恵

ひとり旅は、何か事故にあったら、自分は自分で面倒を見てやらなければいけないから、常にもし何か起きたらどうするかの手立てを考えている。ひとり旅のおかげで、自分の身を自分で処する知恵も身についた。

列車が遅れる、故障する、そのときどうするか。宿が手違いで無い。どう処理するか。何が起こるかわからない、そのときの判断、自分への厳しさも身につく。

そんなとき、思いもかけぬ人の親切が身にしみる。

『素敵に生きる女の心づかい』

## ひとり暮らしの準備を始めなければ

そろそろひとりに戻らねば……その声は、だんだんと大きくなっていた。最初はささやきだったのが、少しずつ声量を増し、耳の近くでひまがあると聞こえるようになっていた。

ひとりになるとは、ひとり暮らしをする意味とは限らない。二人暮らしでも三人暮らしでも、個として生きられるかどうかだ。

私の家族といえば、一緒に暮らすつれあいである。気がつくと結婚して五〇年近くになる。すでに二十数年前に父も母もいなくなり、ひとりきりの兄も一〇年以上前にガンで亡くなった。当面私にとっての家族とはつれあいひとりといっていい。

それをわざわざひとりになりたいとは何ごとか。

いや、だからこそひとりになりたいと思うのだ。二人暮らしが身についてしまうと、ひとり暮らしになったときのショックが大きい。

男がひとり暮らしになって困る心配などわが家にはなく、多分マイペースで料理好きなつれあいは、毎日を楽しむに違いない。

困るのは私である。このままではいけない。ひとり暮らしに馴れなければ……。

そう思ったのがきっかけだった。


『晩年の発見』

# 家の中に個のスペースを充実させる

まず環境整備からはじめよう。現在の住まいは広尾にある3LDKのマンションだが、リビングルーム以外の三つの部屋を個人が使うように変える。

これまでは、広めのベッドルームにベッドが二つ並んでいたが、隣り同士の部屋に一つずつ分けて、夜は別々に休む。

相手を気にせずに、何時まで本を読んでいてもいいし、朝の遅い私に気がねなく、つれあいは自分の生活ができる。

子供が成長して部屋が余ったのを機に、二階と下に家庭内別居をはじめた友人も多く、自分ひとりの世界が確立できるのは、なかなか快適である。気にしないようでいて、どこかで気になっていたことを改めて知らされた。

『晩年の発見』

# 個性豊かな薔薇のように咲き切りたい

知人からいただいた薔薇《ばら》は、作り手が一輪一輪丹精をこめて、路地で咲かせた花だ。同じ枝から出ても、思い思いに、個性豊かに咲く。

そうした花は枯れてきても、それぞれがそれぞれの老い方をする。ピンクの花は、横にひしゃげたように枯れてきたが、クリーム色のほうは、縦長に縮んでいる。見事に年輪を重ねた女《ひと》だけが持つ美しさ、見飽きぬ味わいをひそませて、一日一日少しずつ変化する。

その変化が素晴らしく、私は枯れてゆく薔薇を見るのが楽しみになった。いまだかつて、枯れていく花をこんな気持ちでながめたことがない。こんなに見事に老いることができたら……と思う。

『いつだってもうひと花』

# 夜の東京タワーは美しい！

東京タワーのライトアップは、何時について何時に消えるかご存じだろうか？灯りがつき始めるのは日没の頃、意外に知らない人が多く、一晩中ついていると思っている人、一〇時か一一時に消えると思っている人、いろいろだが、かつては日付の変わる一二時に消えた。

オイルショックで、省エネが叫ばれた時代があった。そのときは九時に消えていた。そのかわり頂上に王冠のようにまたたく灯りがついた。

その頃は、クリスマス、年末年始、外国の国家元首の訪日時などには、一晩中ついていた（二〇二三年四月現在「午前〇《レイ》時」に消灯）。

私はスカイツリーではなく東京タワーが好きで、よく見ている。東京タワーの見えるところへ引っ越して、夜タワーの灯りを見ながら仕事をする。一緒に起きていてくれるタワーは、私の友達であり、筆を休めて外を見るのが楽しい。今は一晩中ついていていて幸せだ。

そしてしばし妄想にふける。あの東京タワーの頂上には、奇怪な動物がいて、タワーのスイッチをひねって遊んでいる。タワーの灯りをつけたり消したり……。たとえていえば、ノートルダム寺院の屋根の上にいるような怪物がふさわしい。

東京タワーの夜のさんざめきと不思議な明るさは尋常ではない。人間業ではないなにかが加わっているにちがいない。

『贅沢な時間』

# 夕暮れ時に死ぬ。私はそう決めている

夕暮れの時はよい時、
かぎりなくやさしいひと時

堀口大學のこの詩が好きだ。自分がどう死にたいか、死に方を考えるのは決して私にとっていやな作業ではない。自分の死の演出を自分らしく考えておきたい。

夕暮れ時に死ぬ。私はそう決めている。

暁子という名は暁に生まれたからだが、私は陽が落ちて闇が近づき街にほつほつと灯がつきはじめる薄暮という時間帯が好きだ。

季節は晩春か初秋、なぜなら私は山吹や萩といった垂れ下がる花が好きなのだ。

白山吹や黄山吹、白萩や紅萩の中にさりげない姿の私の写真。馴染みの花屋、日赤通りの「花長」さんに山吹と萩のことは頼んである。華道や茶道の先生方を客に持つセンスのいい店だから、私のためにきっと調えてくれるに違いない。

偲ぶ会ではなく密葬で、私を肴に楽しく飲みかつおいしいものを食べる会にしてほしい。そのためのお金はとっておく。

場所は東京會館の西に窓のある部屋か、六本木の国際文化会館の庭に面した部屋、私の好きな夕暮れ時から始めてもらう。

原稿を書きながらそのままばったりといくのもいいし、立ち上って椅子に座り、好きなオペラ、ヴェルディの「運命の力」のアリアか、若かりし頃胸ときめかして聴いたシューベルトの弦楽四重奏曲「死と乙女」を聴きながら、外に闇が迫る頃に……。こんなことを考えるのはまだ死を現実と受けとめていない証拠。それが現実になるまでにまだ余裕がある。それまでどう生きてゆくか。

『晩年の発見』

# 私がいちばん大切にしていること

何かを捨てるということは何かを選んだということで、その選んだものが残る。どんなものでも、捨てるには勇気がいる。愛着だってあるし、選択するときの自分の目やカンみたいなものは大事だ。

基準となるのは、自分が選んだかどうかということ。つまり、自分にとって何がいちばん大切なことなのかということだ。

「自分らしさ」といってしまってはちょっと違うような気がするけど、自分を表現するのにふさわしいものは何かということだと思う。表現するといっても、人の目に触れて、人からの批評もなければいけない。年をかさねるにつれて、ひとつ減り、ふたつ減りというふうにだんだんと減っていって、死ぬときにたったひとつ、残るものがあればいいと思っている。

私は、いちばん大事なのは自分なのだろうと思う。自分というのは、生きものとしての自分の存在はもちろんだけど、それよりも自分が表現する「何か」だ。私だけ存在していたところでなんにもならないわけで、私というものを何かの形で表現しないと生きている証拠にはならないのだ。

人によってはどうでもいいことかもしれないけれど、私にとっては表現していくということが、自分が存在しているということだから、それがなかったら、生きていることにはならない。


『群れない　媚びない　こうやって生きてきた』

## 損をしたのか得をしたのか、たとえわからなくても……

いろいろなことをしてきたけれど、私はそれがムダだったとは思っていない。そういうふうに生きざるをえなかったわけだし、すべてが私の血となり、肉となっている。

私の場合、いつも予感がある。漠然としながら、それがだんだん確信に近くなり、チャンスが向こうから来る。引き受けた以上は仕事だから、責任を持って懸命にやる……と、結果が出て、また次が展開する。

それで損をしたのか、得をしたのかわからないけれど、いろいろなところを巡り巡って、いまやっと元へ戻ってきたという感じがしている。

『群れない 媚びない こうやって生きてきた』

## 文庫版のためのあとがき
# 一〇〇歳の佐藤愛子さんの勁さと優しさに学ぶ

読み終って、何人もの大切な人を失ったことが胸に迫った。人は必ず死ぬ。私も例外ではない。それも遠い将来ではない。長生きするにしても、せいぜい十数年、明日であったとしても、今の私にはわからない。誰にも自分の寿命は知らされないが、多少のカンは働くだろう。

私の母は、心臓が悪かったので、救急車で運ばれたことも数回あるが「今度は死ぬ気がする」と私に告げて、その通り、脳こうそくで一週間の入院後息を引きとった。同室の仲良くなった女性と最後までお喋りをしながら、プツンと糸が途絶えた……。その女《ひと》は、毎年お墓詣りに訪れ、母は死の間際に親しい友を得た。そうやって人は思いを引き継いでいくのだろうか。

思えば、私達が赤子として生を得たそのときから死への道のりは始まっているのだ。一歩一歩踏みしめながら、その歩みは時として早く、時として遅く感じられる。しかし、まごうことなく死への道のりを歩んでいる。

それは決して悲しむべきことではなく、死は、生の完成した形と言っていい。どんなに歪んでいようと、途中でと切れそうになったとしても、細々と、あるいは太く堂々と、その人の人生は続く。最後の時が訪れるまで。それを精いっぱい生ききることとの大切さが、ようやく最近になってわかってきた。

生と死は分かち難くつながっている。私はその決められた道の上を歩く。同じ歩くなら胸を張って堂々と自由に、最後がもっとも私らしく、頂点に持っていく努力をしようじゃないか。出来ないはずはない。出来ると信じることが私を力づけ歩みを確実なものにする。

先日、もうすぐ一〇〇歳を迎えられる佐藤愛子さんを、お宅にお訪ねした。

「自分から家を出られないから、遊びに来てよ」

私は喜んで、〝光源氏〟という名のついた仄白い大輪の椿を、私の一番好きな花屋で選んで持参した。ちょっとしたいたずら心を込めて。

耳が少し遠くなられて、私の隣にくっついて話される言葉は力強く、以前の勁《つよ》さに優しさがプラスされて美しかった。

「正直に生きる」という言葉が心に残った。自由とは自分に正直に生きることなのだ。

文庫化もフリー編集者の矢島祥子さんにお世話になった。お礼を申し上げる。

二〇二三年　春

麻布永坂の仕事場にて　　下重暁子

本書は海竜社から刊行された『もう人と同じ生き方をしなくていい』（二〇一六年七月）を文庫化しました。文庫化にあたり新たに著者既著3冊の中より数編抜粋して加え、加筆修正のうえ再構成、改題致しました。

＊出典著作

『ひとりで歩く女は美しい』（白石書店）／『風は女から吹く』（三笠書房）
『素敵に生きる女の心づかい』（海竜社）／『こんな結婚がしたい』（海竜社）
『気分はシングルライフ』（講談社）／『素敵に年を重ねる女の生き方』（海竜社）
『贅沢な時間』（大和出版）／『旅のかたみ』（メディアファクトリー）
『いつだってもうひと花』（海竜社）／『不良老年のすすめ』（集英社文庫）
『持たない暮らし』（中経の文庫）／『女60代「もうひと花」の決意』（大和出版）
『女50代　美しさの極意』（大和出版）／『女40代　いま始める』（大和出版）
『女30代　決断のとき』（大和出版）／『孤独の作法』（中経の文庫）
『晩年の発見』（大和書房／だいわ文庫改題『自分に正直に生きる』）
『恋する覚悟』（中経の文庫）／『老いの覚悟』（海竜社）
『ブレーキのない自転車』（東京堂出版）／『老いの戒め』（海竜社）
『家族という病』（幻冬舎新書）／『老いも死も、初めてだから面白い』（海竜社）

『人生という作文』（ＰＨＰ研究所）

＊文庫化に当たり追加した出典著作

『〝ひとり〟を思うまま楽しみつくすルール』（青春出版社／二〇〇三年三月）

『この一句』（だいわ文庫／二〇一六年一二月）

『群れない　媚びない　こうやって生きてきた』（海竜社／黒田夏子氏との共著／二〇一四年六月）

・本文デザイン……………石間　淳

・本文イラスト……大久保つぐみ

・校　正……………あかえんぴつ

・企画・編集…………矢島祥子

**下重暁子**（しもじゅう・あきこ）
1959年、早稲田大学教育学部国語国文科卒業。同年NHKに入局。アナウンサーとして活躍後フリーとなり、民放キャスターを経て文筆活動に入る。公益財団法人JKA（旧・日本自転車振興会）会長、日本ペンクラブ副会長などを歴任。日本旅行作家協会会長。
主な著書にベストセラー『家族という病』『極上の孤独』『年齢は捨てなさい』『明日死んでもいいための44のレッスン』（以上、幻冬舎新書）、『孤独を抱きしめて』（宝島社）、『鋼の女――最後の瞽女・小林ハル』『85歳まだまだ不良　媚びず群れない』（集英社文庫）、『自分に正直に生きる』『この一句　108人の俳人たち』『暮らし自分流』（以上、だいわ文庫）他多数。

だいわ文庫

年《とし》をかさねるほど自由《じゆう》に楽《たの》しくなった

著者　下重暁子《しもじゅうあきこ》

二〇二三年五月一五日第一刷発行

発行者　佐藤 靖
発行所　大和《だいわ》書房
東京都文京区関口一―三三―四 〒一一二―〇〇一四
電話 〇三―三二〇三―四五一一

フォーマットデザイン　鈴木成一デザイン室
本文印刷　中央精版印刷
カバー印刷　山一印刷
製本　中央精版印刷

ISBN978-4-479-32055-5

https://www.daiwashobo.co.jp